諸事情により、男装姫は逃亡中！

紅城蒼

B's-LOG BUNKO
ビーズログ文庫

Contents

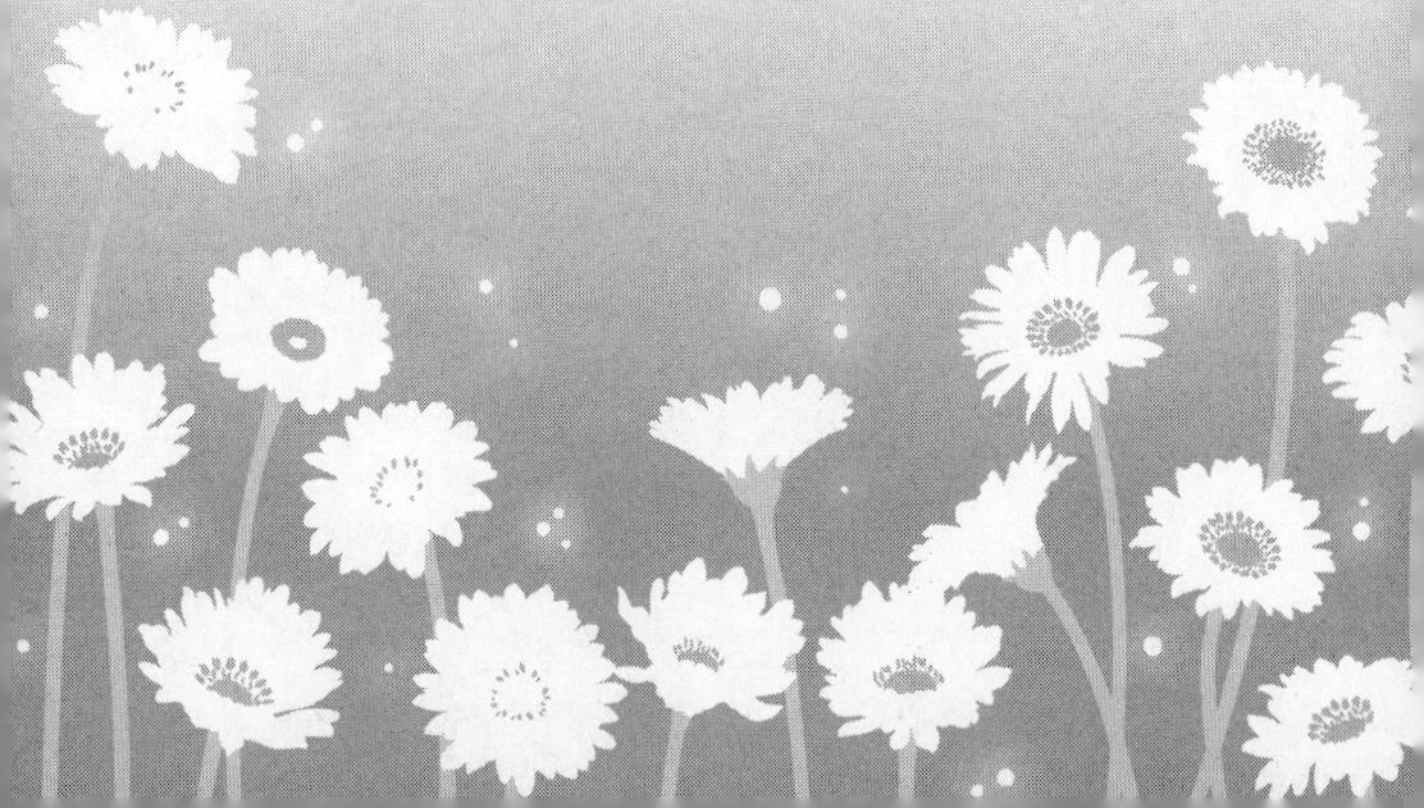

諸事情により、
男装姫は逃亡中！
―登場人物紹介―
エルセリーヌ・
フォン・リトリア
（＝エルヴィン）
リトリア王国第一王女。
十人の兄弟達に溺愛され
何不自由なく育っていたが、
とある事情から男装して
隣国の騎士団へ
入団することに。
クロード・
ゼス・オリベール
オリベール王国王太子。
騎士団に所属している。
クールで他人を
寄せ付けない性格。

アルバート

エルの一番上の兄で、
リトリア王国の現国王。
エル溺愛隊筆頭。

マリク・ノイマン

エルに何かと
突っかかる若手騎士。
根は真面目な努力家。

その他のキャラクター

コーディー　オリベール王国騎士団、騎士団長。エルの従兄。

マデリーン　オリベール王国第一王妃。年齢不詳の美女。

クレア　クロードの妹姫。エルの大ファン。

イラスト／三月リヒト

序章✦姫君の出立

澄《す》み渡《わた》る青空の下、ゆっくりと進む荷馬車に揺《ゆ》られながら、遠ざかる城の尖塔《せんとう》をエルは眺《なが》めていた。

その胸の内には、強い決意を秘《ひ》めて。

「ほら、オリベールの王都が見えてきたぞ。嬢《じよう》ちゃ――……じゃなかった、坊《ぼっ》ちゃん」

馬を操《あやつ》る男性が言いかけた言葉に、一瞬《いっしゅん》ギクリとしたが、それを悟《さと》られないようエルは微笑《ほほえ》む。

「良かったです、無事に辿《たど》り着けて。ここまで乗せてくださって感謝します。乗合《のりあい》馬車が故障で止まった時はどうしようかと思いましたが、本当に助かりました」

「たまたま通りかかっただけだから構わんよ。どうせ俺《おれ》もリトリアからオリベールに帰るところだったし、人を一人乗せるくらい大したこたぁねぇ。……それにしても、長いこと行商人《ぎょうしょうにん》をやってるが、あんたほど綺麗《きれい》な男は見たことがないなぁ」

じっと見つめられ、エルは居心地《いごこち》悪く身体《からだ》を動かす。

「男だって言われなかったら、いいところのお嬢様にしか見えねぇから気を付けな。顔立ちもだけど、その金髪《きんぱつ》と目の色は目立つからなぁ。そういうのが一人で歩いてると、スリに狙《ねら》われやすい」

男性の視線が、エルの肩先《かたさき》で揺れる輝《かがや》く金髪と、ライトブルーの瞳《ひとみ》に注がれる。

「はい。ご忠告ありがとうございます」

お礼を言いながら、不安になり始めていた自分を奮《ふる》い立たせる。

(大丈夫《だいじょうぶ》、なんとかバレずに済んでいるわ。――本当は女だってこと)

この先も隠《かく》し通さねばならない。これは、そのための格好なのだから。

拳《こぶし》を握《にぎ》り、自分の全身に目を走らせる。

質素ながらも品のいいシャツにベスト、それからズボン。肩先までしか届かない短い金髪。一見して、〝身なりのいい貧弱《ひんじゃく》な身体つきの少年〟くらいには見えるはずだ。

もう見えなくなった母国、リトリアの王城の方を振《ふ》り向き、深呼吸する。

(お母様、私、しっかりとやってみせます。愛するリトリア王国とお兄様たちのため……、エルセリーヌは、この身を賭《と》してお兄様たちから逃《に》げ切ってみせます……!!)

第一章✦国を賭けた逃走劇の始まり

　リトリア王国の現王家で唯一《ゆいいつ》の王女、エルセリーヌ・フォン・リトリアの一日は、兄弟たちとの交流に始まり、兄弟たちとの交流に終わる。

　生まれてから十六年間、毎日そうやって過ごしてきた。それがエルの日常だった。

　そしてもちろん、その日もいつもと変わらない一日が始まろうとしていた。

「エル～！　私の可愛《かわい》い可愛いエルセリーヌ～！」

　扉《とびら》が大きく開くと共に部屋に入ってきたのは、エルの一番上の兄王子、アルバート。彼《かれ》は、エルより少し落ち着いた色の金髪《きんぱつ》を颯爽《さっそう》となびかせて駆《か》け寄《よ》り、エルの頰《ほお》に口付けをした。

「おはよう、私のエル！」

「おはようございます。アルバートお兄様」

「ああ、今日も変わらず愛らしいな！　ピンクのドレスも、長くて美しい金髪を飾《かざ》る髪《かみ》飾りも、どれも完璧《かんぺき》に似合っている！　さ、その可愛い顔を、もっとこの兄に見せておくれ」

　素直《すなお》にニッコリと笑うと、アルバートは眉尻《まゆじり》を下げて破顔《はがん》した。

「くぅ〜！　朝一でこの天使の笑顔《えがお》を見ることが出来るなんて、今日も私は幸せだ……！」

「もう、お兄様ったら。大袈裟《おおげさ》ですよ」

「うむ、困ったような顔も可愛い！　たった一人の愛《いと》おしい妹よ。私はお前の兄として生まれついたことに、今日も一日感謝の祈《いの》りを捧《ささ》げるとしよう……！」

アルバートはエルを抱《だ》きしめ、頬擦《ほおず》りをする。年頃《としごろ》の娘《むすめ》にするには子どもっぽいが、溢《あふ》れる愛情ゆえのものだとわかっているし、兄が嬉《うれ》しいとエルも嬉しいので気にしていない。

「私の方こそ、お兄様の妹として生まれついたことに、毎日感謝しています。こんなに大切にしてくださって、エルセリーヌはリトリア王国一の幸せ者です」

「エル……！　そんな眩《まぶ》しい笑顔で殺し文句を言うなんて……！　よし、今のお前の言葉は、『アルバートお兄様と愛しいエルのメモリアル・二百十七巻』に記しておこう……！」

感極《かんきわ》まって涙《なみだ》ぐみ、さらに激しく頬擦りする長男の背中を、優《やさ》しく撫《な》でる。なんとかメモリアルとは、どうやら日記のことらしい。一度も見せてもらったことはないけれど。

「さて、今朝はこれをプレゼントだ。お前のその美しい金髪に映《は》えるだろうと思ってね」

「わあ、綺麗《きれい》な真紅《しんく》のリボン！　ありがとうございます、お兄様」

「そうやって全力で喜んでくれる私のエルは本当に可愛い！　私は本当に――……」

しかし、アルバートの歓喜《かんき》の叫《さけ》びは、新たに入室してきた男に遮《さえぎ》られた。

「ちょっと、何してるんですか、アルバート兄上！」

入って来るなりエルからアルバートを引っぺがしたのは、二番目の兄王子フェンリルだ。

「まったく、ちょっと目を離《はな》すと抜《ぬ》け駆けするんだから……。ああ、おはよう、エル」

「おはようございます、フェンリルお兄様」

眼鏡の奥《おく》から厳しそうな目でアルバートを睨《にら》んでいたフェンリルは、エルに目を留《と》めると優しく微笑《ほほえ》んだ。

「ふむ。ついさっきまで、どうやったらアルバート兄上をそこの窓から投げ捨てられるかなと考えていたが、お前の花のごとき笑顔を見たら怒《いか》りが収まったよ」

「フェンリル!?　お前、お兄様に対して何てことをしようとしているんだ!?」

騒《さわ》ぐアルバートよりも、エルの顔色の方がさぁっと青褪《あおざ》めた。

「フェ、フェンリルお兄様！　そんな恐《おそ》ろしいことを仰《おっしゃ》らないで……！」

「はは、冗談《じょうだん》だよ。それを実行してしまったら、愛するお前に嫌《きら》われてしまうからね」

「……もう。お兄様ったら、冗談にしても悪趣味《あくしゅみ》すぎますよ」

一瞬《いっしゅん》本気にしかけてしまったが、次男の答えにエルは安堵《あんど》の溜《た》め息を吐《つ》いた。「嫌われないならやるつもりなのか!?」というアルバートのぼやきは聞こえなかった。

「フェンリル兄上……、エルはこんなに純粋《じゅんすい》なんだから、怯《おび》えさせちゃ駄目《だめ》だよ……」

その声と共に入室してきたのは、黒髪の少年だ。

「まあ、ジョシュラン。おはよう」

「おはよう……エル……。今日も大好き……」

眠《ねむ》そうに瞼《まぶた》を擦《こす》りながらはにかむこの少年は、唯一の弟である末の王子だ。

「ありがとう、私も大好きよ。それにしても、また徹夜《てつや》で読書をしていたの？」

「うん……、だから、まだ眠くて……。エル、抱き枕《まくら》になって……」

言いながら抱きしめてくる弟の背中を、よしよしと撫でてあげる。

「いいわよ。ちょっとだけね」

「よくな―――――い!!」

アルバートが叫び、引き離されたジョシュランが拘束《こうそく》される。

「これだから末っ子は……！　可愛く甘《あま》えたらいいと思って、タチが悪い！」

「ちっ……」

ジョシュランの舌打ちが聞こえなかったエルは、羽交《はが》い締《じ》めにされた弟が心配で慌《あわ》てた。

「ア、アルバートお兄様、乱暴しないでくださいな」

「ああエル、勘違《かんちが》いしないでおくれ。私はお前を守るためにこうしているのだ。そう、私は世界中のあらゆる外敵からお前を守ってみせるし、たとえお前が姿形を変えて何処《どこ》かへ行ってしまっても、すぐに見つけ出してやれるくらいには――……」

熱弁しながら身体《からだ》を拘束し続ける長兄《ちょうけい》の足を、末っ子が思いっきり踏《ふ》みつけた。「ギャッ」という声と共にジョシュランは解放されたが、エルはそのやり取りには気付かなかった。

「さ、喧《やかま》しい兄上は置いといて、今日も始めようか。エル」

フェンリルに促《うなが》され、アルバートを気にしながらもエルはテーブルに着く。

「さて、古代語学習の進捗状況《しんちょくじょうきょう》を聞こうか」

「はい。お兄様にお借りした本は昨日全て読み終わりました。基礎《きそ》は頭に入っております」

「さすがだ、エル！　可愛いだけじゃなく飲み込《こ》みが早いなんて、なんて優《すぐ》れた――……」

「ちょっと、今は私が話してるんですからアルバート兄上は黙《だま》っててください。……エル、お前は本当に学習能力の高い子だ。兄として鼻が高いよ」

「本当ですか？　私、こうして毎日来てくださるみんなの期待に、応《こた》えられていますか？」

「もちろんだよ」

満面の笑《え》みで頷《うなず》く三人の兄弟に、エルは嬉しくなって頬を緩《ゆる》める。というのも、エルの元には〝王女の嗜《たしな》み〟を学ばせるため、兄弟が朝昼夜の当番制で訪ねて来てくれているのだ。内容は勉学だったり、普段《ふだん》の振《ふ》る舞《ま》いについてや会話力の向上だったりと、色々だ。

ちなみに、当番が三部制に分かれている理由は、全員揃《そろ》うと大所帯になるからだった。

なぜなら、エルには九人の兄と一人の弟――あわせて十人もの兄弟がいるから。

「えへへ、嬉しいです。私、王女としてお役に立てるよう、もっと頑張《がんば》ります！」

「お前はそのままでいいんだよ。こうして当番とかこつけて会いに来――……、いや、癒《いや》してもらうことによって、その分私たちも公務に励《はげ》むことが出来るから」

「私なんかでみんなを癒すことが出来るなら、いくらでもご協力します」

ニッコリと笑うと、兄弟たちはなぜか顔を覆《おお》って天を仰《あお》いだ。

「うぅ、眩しい……！　私のエルは本当に良い子だなぁ……！　本当に可愛い！」

「ええ。エルが良い子で可愛いということに関しては全力で同意です。……ですが、その『私のエル』っていうのいいかげんやめてもらえませんかね、兄上」

フェンリルが深呼吸して眼鏡を直しながら、冷静な声音《こわね》で言った。急に空気が変わる。

「兄上もそろそろ、そんなことを言っていられなくなるでしょう？」

意味深な言葉に、アルバートはハッと表情を変えた。フェンリルがほくそ笑む。

「いつまでも抜け駆けや自分勝手な行動ばかりするなら、こっちにだって考えがあります」

「フェ、フェンリル、お前……、何を考えている……？」

何が始まったのかわからないが、長男次男のただならぬ様子に、エルは息を呑《の》む。

「アルバート兄上、いいんですね？　ここで言ってしまいますよ？」

「ま、待て、やめるんだ、それを言っては――……！」

「母上が昨日、今度の縁談《えんだん》相手からは絶対に逃《に》げないように、ときつく仰っていましたよ」

「わ――!!　やめろ――!!」

「縁談!?」

予想外の言葉が飛び出し、エルはアルバートの腕《うで》を掴《つか》んだ。

「アルバートお兄様、縁談があるのですか？　素敵《すてき》だわ、おめでとうございます！」

「ほら――――！　エルにお祝いされてしまった――――!!」

エルは嬉しくなって拍手《はくしゅ》をしたが、アルバートは苦悶《くもん》の表情で蹲《うずくま》ってしまった。

「え？　お、お兄様、どうしたのですか？」

「あぁぁ、やめてくれ、おめでとうなんて言わないでくれぇぇぇ……」

さっぱりわけのわからないエルは困惑《こんわく》したが、次男と末っ子は満足げな表情だ。

「うぅ、エルの前でその話はしない決まりだろう！　これは重大な規律違反《いはん》だぞ！」

「日々規律違反ポイントを積み上げている兄上に、文句を言う権利はありませんよ」

規律違反とは何のことだろう。よくわからないが、それよりも気になることがあった。

「あのぅ、アルバートお兄様は、ご結婚《けっこん》を望んでいらっしゃらないのですか？」

結婚、とエルが口にした瞬間《しゅんかん》、アルバートが「はうっ」と小さな呻《うめ》き声を発した。

「そんなはずないさ、エル。兄上ともあろうお方が、結婚しないわけにはいかないからね」

「も、もうやめろ、フェンリル。それ以上敵意を示すなら、こちらだって容赦《ようしゃ》しないぞ」

「どうぞご自由に。どう足掻《あが》いても、あなたが結婚から逃げ続けられないのは変わりませんよ。――何と言ったって、あなたはこのリトリア王国の現国王なのですから」

その言葉に、アルバートが開きかけていた口を苦しそうに閉じた。

フェンリルの言う通りだ。ひと月前、父である先代国王が崩御《ほうぎょ》し、王太子だった長男アルバートが新王に即位《そくい》したばかりなのである。

「一国を背負う王が、まさか独《ひと》り身のままでいられるなんて思っていませんよね？」

ぐうの音《ね》も出ないアルバートに、フェンリルが畳《たた》み掛《か》ける。

「今まではのらりくらりと躱《かわ》してこられたようですが、そろそろ年貢《ねんぐ》の納め時です。母上もたいへん心配していらっしゃいますし、いいかげん落ち着いていただかないと」

「そ、それを言うならお前たちもだろう！　全員独身のくせに！」

（あれ？　そういえば、そうだわ）

その時エルは、ようやく気付いた。――この兄弟、誰一人《だれひとり》として結婚していない。

（ちょ、ちょっと待って。みんな独身だわ。……ええ!?）

二十五歳《さい》のアルバートから、十二歳のジョシュランまで。皆《みな》揃いも揃って独身である。

なぜ今まで気付かなかったのだろう。兄弟に囲まれるのが当たり前の日々を過ごし、一度も疑問に思わなかった自分に驚《おどろ》いた。

「私はまだいいんですよ、次男ですから」「いいや、お前たちだって責任は同じだ！」などと言い合い始めた兄弟を前に、エルは急に焦《あせ》りだした。

（王家の人間が誰も結婚していないなんて……よろしくないのでは!?）

もちろん自分も含《ふく》まれているし、弟に関してはまだ気にしなくてもいいかもしれないが、兄たちについては問題があるだろう。嫁《とつ》ぐために家を出てしまう王女と、妻を娶《めと》り王家を継《つ》ぐ王子たちとでは、責任の重さが全然違う。

「アルバートお兄様、どうして結婚なさらないのです？」

「や、やめてくれエル――！　お前の口からその二文字は聞きたくない！　お、お兄様が結婚なんてしてしまったら、お前だって寂《さび》しいだろう⁉」

「それは……、寂しいのはもちろんですが、いつかはするでしょう？」

「ほら、エルもこう言っていますよ。観念してください、兄上」

「もう、アルバートお兄様だけじゃないですよ。みんないつかは結婚なさるでしょう？」

エルがあとの二人にも向き直って言うと、彼らは目を見開き固まった。

「え？　ど、どうしたのですか、二人とも」

するとジョシュランが耳を塞《ふさ》いでしゃがみ込み、フェンリルは苦渋《くじゆう》の表情になった。

「う、うわぁ……。まさかの、流れ弾《だま》……」

「くっ……、まさか私たちまでダメージを食《く》らうとは、手痛い失態だ……」

「ははは、それ見たことか！　みんなして私を陥《おとしい》れようとするからだぞ！」

アルバートがやけくそ気味に笑うが、エルはそれどころではなかった。

「もう、はぐらかさないでください！　本当にどなたもご結婚の予定はないのですか？」

痺《しび》れを切らしてエルが問い詰《つ》めると、急に三人とも静まり返った。真顔でそれぞれ視線を交《か》わし合ったかと思うと、一息吐《つ》いてアルバートがエルに向き直った。

「エル、このことは、非常に、とーっても重大かつ繊細《せんさい》な問題なのだ。悪いがこの件に関してだけは、お前の意見を聞くことは出来ない。お前に冷たい態度を取ることしか出来ない非情な兄たちを、どうか許しておくれ。そしてどうか嫌いにならないでほしい」

至って真剣《しんけん》な面持《おもも》ちで言われたが、ただ話を逸《そ》らされているだけのような気がする。

「いえ、そんなことで嫌いになったりはしませんが……、お兄様、ちゃんと私の話を」

「わかってくれ。これも全て、お前を大切に想《おも》うがゆえなのだ……！　はい、というわけでこの話はお終《しま》いにしよう。解散！」

「ええっ、お兄様!?」

「かいさーん！」

高らかに告げられた長男による解散の一声で、兄弟たちは風のように去って行った。

残されたエルは、ただ唖然《あぜん》として立ち尽《つ》くすことしか出来なかった。

（こ、このままにしておいては駄目よね!?　だってこれじゃ、跡継ぎがいないことに……）

それはまずいだろう。今までそのことに思い至らなかった自分に呆《あき》れるが、自己嫌悪《けんお》に陥《おちい》っている場合ではない。おそらく自分は、いろんな事に気付いていないような気がする。

（そういえば、今度は逃げないように……と言っていたわね）

ということは、いつも縁談から逃げているということだ。なぜ逃げているのだろう。

モヤモヤと考え始めた時、女官長が慌ただしくエルの部屋へやって来た。

「ああ、姫様《ひめさま》！　こちらに国王陛下はいらっしゃいますか？」

「アルバートお兄様なら今までここにいたけれど、逃げて行ってしまったの」

「逃げ……!?　ああ、王太后陛下から何が何でもお連れするよう言われてますのに……！」

今にも倒《たお》れそうな女官長の背を支え、縁談の話と関係があるのでは、とエルは察した。

「待って、私が行くわ。ちょうど、王太后陛下――お母様に話があったの」

そうしてエルは、全てを知っているであろう人物の元へ向かった。


「ええ、その通りよ、エル。あの馬鹿息子《ばかむすこ》たちは、こぞって縁談から逃げ回っているの」

苛立《いらだ》たしげに答えたのは、母である王太后ナタリア。エルを含む十一人の王子王女を産んだ、最強の后《きさき》と呼ばれている人物は、怒りのオーラを執務室《しつむ》全体に振り撒《ま》いていた。

「やっぱりそうなのですね？　でも、どうしてなのですか？」

ナタリアはエルにちらりと視線を寄越《よこ》し、深い溜め息を吐いた。

「あなたを何よりも優先し側《そば》にいたいがために、今まで数多《あまた》の縁談を断り続けてきたのよ」

「ええっ!?」

想像もしていなかった理由に、思わず素っ頓狂《とんきょう》な声が出てしまう。

「あなたも十分わかっているでしょう？　あの子らがどれだけあなたに執着《しゅうちゃく》してきたかを」

「執着……」

「兄弟の誰かが四六時中べったりしていることに、疑問を感じたことはなくて？」

言われてみれば、いついかなる時も、エルの側には兄弟の誰かがいた。そしてなにかと構われまくる時間を過ごしてきた。しかし疑問に感じたことはない。

「それは、みんなが私に〝王女としての嗜み〟を教えてくれていたからでは……？」

「それはあの子たちが取って付けた言い分よ。上手《うま》いことを言って強引《ごういん》に周囲を納得《なっとく》させたようだけど、単にあの子らがあなたと過ごす時間を作りたかっただけ」

「そうだったのですか!?」

予想外の真実に衝撃《しょうげき》を受けながらも、エルは恐る恐る母に問いかけた。

「もしかして、お兄様方の私に対する愛情表現は……ちょっと度が過ぎるのでしょうか」

「ちょっとどころではなく、異常ね。まったく、あのエル溺愛《できあい》隊ときたら……」

「エ、エル溺愛隊？　なんですか、それは」

「息子たちによってあなたを溺愛し守るために結成された、ただのシスコン軍団よ」

「そ、そんなものが……あったのですね……」

自分は本当に、色々なことを知らなすぎたようだ。今更《いまさら》ながら、その事実に脱力《だつりょく》する。

「まあ、最初は目を瞑《つぶ》っていたのだけれど。何せその珍妙《ちんみょう》な組織が結成されたのは、あなたが誘拐《ゆうかい》されかかった事件が発端《ほったん》なのだから」

そういえばそんなことがあった。エルが五歳になってすぐ、不届き者に攫《さら》われそうになったことがあるのだ。だが城から連れ出される前に助けられ、事なきを得たのだった。

「あの時、二十分で犯人確保というスピード解決に導いたのは、アルバートを筆頭にした王子たちだったわ。彼らの恐るべき行動力と完璧な指揮系統は、いまだに伝説となり語り継がれているほどなのよ。そしてそれを機に、『エルのことは自分たちが守る！』と張り切りだして、溺愛隊なんてものを発足《ほっそく》してしまったの」

「はぁ……」

「でもいいかげん、あの子たちの我儘《わがまま》を聞いていられる状況ではなくなってきたのよね。特にアルバートに関しては。このままだと国の存続に関わるのだから」

その言葉に、エルの背中に冷《ひ》や汗《あせ》が流れた。

「それは……、アルバートお兄様が、現国王陛下だからですね？」

「そう。それをきつく言ったら、『結婚なんかよりエルを守ることの方が大事なんです!!』などと大馬鹿なことを言って逃げたのよ、あのシスコン息子は……」

「ええ～～～～～……!?」

（お、お兄様、なんてことを……）

それほど自分を大事に思ってくれているのは嬉しいが、この場合は全く嬉しくない。

「さらに、その発言を城内の一部の者が聞きつけてしまい、大変なことになっていてね」

妹を溺愛している王子たちのことは皆理解していたが、さすがにその発言は問題であった。それ以降、アルバートを非難する声が、俄《にわ》かに上がってきてしまったのだという。

「王家が断絶すれば国は荒《あ》れる。しかしそれ以前に、現国王に対する不満が生まれてしまっている。……これは由々《ゆゆ》しき事態だわ」

「いけません……そんなこと……」

エルの身体はいつの間にか震《ふる》えていた。生まれ育ったリトリア王国、溢れる愛情で自分を包んできてくれた兄弟たち。どちらもエルにとって、かけがえのない大切なものだ。

けれどそれが今、崩《くず》れようとしている。

（……私が……いるから？）

そうだ。兄弟たちの結婚を邪魔《じゃま》しているのは、他でもないエル自身なのだ。エルが意図したことではなくても、結果的にそうなってしまっているのだ。

「私……、ここにいてはいけませんね」

ポツリと呟《つぶや》いた言葉に、ナタリアが目を瞬《しばた》かせた。

「私は一度、お兄様たちから離れなくてはいけません。私がいると、みんなずっとこのままでしょうから。どこか遠く……お兄様たちから離れた場所へ行かないと」

「……彼らから身を隠《かく》し、結婚するように考えを改めさせよう、と？」

真剣に頷くエルを、ナタリアは半信半疑《はんしんはんぎ》な表情で見つめた。

「はい。私のせいで国が荒れることも、みんなが悪く言われるのも耐《た》えられません」

「でも、生半可《なまはんか》な隠れ方ではすぐに見つかってしまうでしょうね」

母の言う通りだ。せめて長男が結婚に前向きになってくれるまで、親戚《しんせき》の家に匿《かくま》ってもらう程度のことを考えていたが、誘拐事件の時のことを思うとそれは難しそうだ。

（絶対に私だと見つからないようにするには……どうしたら？）

二人して黙り、しばし考え込む。

（みんなの行動原理は、私を守ろうとしてくれていることにあるのよね。……なら、守られる存在じゃなくなればいいのかしら）

助けてもらうばかりのかよわい王女ではなく、自分で自分の身を守れるような存在なら。

そこまで考え、突然《とつぜん》エルの脳裏《のうり》にあることが閃《ひらめ》いた
「そうだわ！　お母様、私、全くの別人に……。――そう、男の人になります！」

「……は？」

虚《きょ》を衝《つ》かれたような母に、エルはこれぞ名案、といった様子で身を乗り出す。

「私が庇護《ひご》すべき王女ではなくなったら、上手く隠れられるのではないでしょうか。……

そうと決まったらゆっくりしていられないわ。お母様、失礼いたします！」

何か言おうとしていた母に背を向け、エルはそのまま急いで退室し、自室に駆け込んだ。そして鏡台《きょうだい》の前に行き、引き出しの中の鋏《はさみ》を取り出す。

(この国もお兄様たちも、大切な存在なの。私のせいで駄目にさせるわけにはいかない)

ほとんど勢いで飛び出したが、これはエルの中で譲《ゆず》れないことなのだ。後には退《ひ》けない。

(今までたくさん愛され、守られてきたんだもの。なら私だって、私に出来るやり方で国とお兄様たちを守りたい)

迷いはなかった。腰《こし》の下まで伸《の》びた見事な金髪を握《にぎ》りしめ、兄弟が殊更《ことさら》愛《め》でてくれていたその髪に、勢いよく鋏を入れる。

一息吐き、覚悟《かくご》を決めて顔を上げた鏡には、肩先までの金髪で見つめ返す自分がいた。

(しばしのお別れよ。エルセリーヌ)

大好きなみんなのため。エルは、鏡に映る自分に対し、力強く微笑んだ。


翌日の昼、エルは隣国《りんごく》オリベールにいた。

髪を切った後、エルは再び母の元を訪ねたのだが、その姿を見て母はエルの本気の覚悟を受け取ってくれたようだった。そうして提案してくれたのが、男子としてオリベールにいる従兄弟《いとこ》のコーディーの元に身を寄せる、という計画だった。

コーディーは、現在オリベールの王城で騎士《きし》団長の任に就《つ》いている人物だ。だが元々はエルが幼い頃、リトリアの王城に出仕《しゅっし》しており、護身《ごしん》術の一環《いっかん》として基礎的な武術や剣《けん》術《じゅつ》を教えてくれた、エルの師匠《ししょう》でもある。彼の父がオリベール出身だったため、エルが十二歳の時にオリベールに移ってしまって以来会っていないが、外部の人と接してこなかったエルにとっては、兄弟以外で唯一頼《たよ》れる存在といってもいい。

「ここが、オリベールの王都……」

王都まで乗せてくれた荷馬車を降りたエルは、初めて踏むオリベールの土に少々興奮しながらも、不審《ふしん》に思われないよう控《ひか》えめに周囲を見回した。人生初の国外の空気に緊張《きんちょう》もするが、不安になっている場合ではない。逃亡《とうぼう》生活をやり遂《と》げなければならないのだから。

（さすが、大陸一の歴史を誇《ほこ》る大国オリベール。活気に溢れているわね）

王城の城下にあたるこの町は、立派な石造りの家や店、行き交う人々で賑《にぎ》わっている。リトリアにいた時は町を歩くことなどなかったので、市民がたくさんいる光景を目にするのはとても新鮮《しんせん》だった。それも、外に出ることを兄に許されなかったからなのだが。

（不謹慎《ふきんしん》かもしれないけれど、ちょっとワクワクもしているわ。一人で行動するのって初めてだもの。……でも、まずはコーディーを訪ねなくちゃ。騎士団がいる王城に行って、お母様が用意してくれたこの書状を渡《わた》して、〝エルヴィン〟と名乗ればいいのよね）

男装して逃亡するにあたり、遠縁《とおえん》の男子の名前を借りることになった。それが〝エルヴィン・アースト〟。リトリア王国で王家に連なる伯爵《はくしゃく》位を持つ家の、同い年の少年の名だ。

（ゆっくりしている暇はないわ。早く行きま――……）

歩き出そうとした時、ドン、と誰かがぶつかってきた。

「ご、ごめんなさい！」

「いえ、すみません……。ちょっと目眩《めまい》がしてしまって……」

ぶつかってきた男性は、そのましゃがみ込んでしまった。よく見ると、顔色がとても悪い。心配になったエルも一緒《いっしょ》にしゃがみ、背中を摩《さす》ってあげる。

「大丈夫《だいじょうぶ》ですか？　手を貸しますから、そこのベンチに横になった方がいいのでは……」

「あ、ありがとうございます……」

よろよろと立ち上がる男性に手を差し出す。しかし次の瞬間、思いがけない力で突《つ》き飛ばされ、地面に尻餅《しりもち》をついてしまった。

「いたた……」

何が起きたのかわからずに見上げると、ついさっきまで具合が悪そうにしていた男がニヤリと笑い、エルを見下ろしていた。そして、その手に自分が持っていたはずのバッグが握りしめられていることに気付く。

「えっ、それ私の……」

エルが呟くと同時に、男は背を向けて駆け出した。

（えぇっ!?　嘘《うそ》でしょう!?）

行商人のおじさんにされた、スリの話を思い出す。まさか本当にスリに遭《あ》ってしまうなんて――そう思いながら、慌ててエルは立ち上がった。

「待って……！」

あのバッグの中には、母が渡してくれた大事な書状があるのだ。エルは必死に追いかけるが、男女の脚力《きやくりよく》の差は大きく、あっという間に距離《きより》を離されてしまう。

（あぁもう、もっと体力をつけておくんだった……！）

路地裏に入り込み、足がもつれて転びそうになったその時、何者かの腕が伸びてきてエルの腰を支えた。

「えっ……」

エルを力強く支えてくれたのは、見知らぬ青年だった。

「ここで待っていろ」

青年は短くそう言い残し、スリの男を追って行った。困惑したままその後ろ姿を眺《なが》めていると、青年はすぐに男に追いついた。追い詰められた男がナイフを取り出し抵抗《ていこう》しようとしたが、青年は鞘《さや》に納めたままの剣《けん》で受け止め、流れるような動作で受け流す。そして柄《つか》の先で腹を打ち、一撃《いちげき》で仕留めて男を捻《ね》じ伏《ふ》せてしまった。

（あ、鮮《あざ》やか……！）

あっという間にロープで手足を縛《しば》る、その手際《てぎわ》の良さに思わず見惚《みと》れてしまった。しかし我に返り、エルも慌てて二人の元へ近寄った。

「あ、あの、助かりました。ありがとうございます」

顔を上げた青年と目が合う。凛《りん》とした面差《おもざ》しの、目を引くような美青年だった。

（わぁ……、紫《むらさき》がかった綺麗な黒い髪。それに瞳《ひとみ》は、私の青さとは対照的な深い海の色）

瑠璃《るり》色の瞳をまじまじと見つめているエルに、青年がバッグを手渡してくれた。

「ちゃんと中身が全部あるか、一応見ておけよ」

「はい！　あの、よろしければ、何かお礼をさせてください」

「そんなの気にしなくていい。俺《おれ》は仕事をしただけだ」

青年はぶっきらぼうに答えながらも、「怪我《けが》は？」と問うてきた。エルが首を振ると、そのまま犯人を引き起こす。その時どこからか、「お～い」と気の抜けるような声が聞こえてきた。青年が「遅《おそ》い」と呟きながら顔を向けた先を、エルも振り向く。

「あー良かった。急に走り出すからどこへ行ったのかと……。おや、もしかして例のスリを捕《つか》まえたんですか？」

聞き覚えのある声に、まさか、とエルは目を輝《かがや》かせた。

「コーディー!!」

「えっ？　……あー！　エル!?」

探していた従兄弟の姿に、エルは喜びも露《あら》わに駆け寄る。四年ぶりだが、柔和《にゅうわ》な微笑みも緩く結ばれた肩下までの茶髪《ちゃぱつ》もちっとも変わっていない、見慣れた姿がそこにあった。

「おっどろいたなー、まさかこんなところで会うなんて」

「会えて良かった、コーディー。お久しぶり！」

「いやー、聞いてはいたが……そうか、本当に来たのか……。うん、久しぶりだな、エル」

長かった金髪を知っているコーディーは、感慨《かんがい》深そうにエルを上から下まで眺めた。

「……おい、コーディー。お前の知り合いなのか？」

その時、背後から青年の低い声が聞こえた。振り向くと、彼は先程《さきほど》の態度から一変し、眉間《みけん》に皺《しわ》を寄せてエルを見つめていた。いや、睨んでるといった方が正しいかもしれない。

（いけない、ついコーディーに気を取られてしまったわ。恩人に失礼なことを
そのせいで怒《おこ》らせてしまったのかと思ったエルは、丁寧《ていねい》に頭を下げた。

「失礼いたしました。私はコーディーの親戚であるアースト伯爵家嫡男《ちゃくなん》の、エルヴィンと申します。先程は助けていただき、本当にありがとうございました」

「……伯爵……」

何度も心の中で練習した挨拶《あいさつ》を告げると、青年はなぜか一段と低い声で呟いた。

「先程の剣捌《さば》きでコーディーのお知り合いということは、騎士団の方なのでしょうか？」

「……お前、嫡男と言ったか？　男なのか？」

エルの質問には答えずに、青年は疑わしげにエルを見て言った。それだけでなく、やはりどうにも機嫌《きげん》が悪そうだった。

（どうしましょう、怒らせてしまった上に疑われている……！）

睨まれていることよりも疑いの眼差《まなざ》しを向けられている方が心配になり、エルは言葉を詰まらせた。男装している事情を知っているコーディーが、見かねて間に入ろうとする。

「あー、そう、そうなんですよ。男には一見見えないですが、れっきとした男です。うん、一応。——それからエル、こちらは確かに騎士団の団員だが、ただの騎士じゃないんだ。このオリベール王国の王太子、クロード・ゼス・オリベール殿下《でんか》でいらっしゃる」

「えぇっ！」

隣国オリベールの王子のことは、もちろん知っている。外交で他国の王族と対面する機会がなかったため、会うのは初めてなのだが。

よく見てみると、彼が着用しているのは、コーディーが着ている騎士団の団服であろう服装とは違った。動きやすいようにデザインされているようだが、質の良い生地《きじ》と装飾《そうしょく》で作られており、確かに王子の正装といった風だ。それに何より、当人から発せられるオ

ーラに、常人《じょうじん》にはない気品が漂《ただよ》っていた。同時に、不機嫌そうな淀《よど》んだ空気も感じるが。

「そうだったのですね。王太子殿下とは知らず、失礼いたしました」

改めて頭を下げるが、クロードはエルをひと睨みして顔を背《そむ》けてしまった。最初は特に何も感じなかったが、今はすごく警戒心《けいかいしん》を剝《む》き出しにされているように感じる。

(名乗ってから様子がおかしいわ。何がいけなかったのかしら……)

自分が気分を害させてしまったのかと反省し、エルはクロードの前に進み出た。

「……あのっ、王太子殿下でありながら騎士としての務めも果たされているなんて、素晴《すば》らしいお心構えですね！」

「……は？」

空気を変えようとしたら、咄嗟《とっさ》に思ったことが口から出た。何の脈絡《みゃくらく》もなかったからか、クロードは睨むというより、今度は怪訝《けげん》そうにエルを見つめる。

「ちょうど自分の在《あ》り方について考える機会があったばかりなので、殿下の姿勢はとても尊敬します。王子と騎士の兼務《けんむ》なんて、強い意志がないと出来ないことでしょうから」

「……何だ、いきなり」

「えっと、つまり、私もあなたのように立派な志を持って生きたいと思ったのです」

「なぜそんな壮大《そうだい》な話になっている」

「殿下のお志は素敵だと思ったからです！」

「おい、近い！　一体何なんだお前は！」

「あ、すみません。気持ちが高ぶってしまいまして」

その時、コーディーが吹《ふ》き出した。それをクロードがギロリと睨み付ける。

「くっ、ふふ……。いやー、すみません。コントみたいで、つい。エル、気にしなくていいぞ。殿下は初対面の相手には、大抵《たいてい》こんな風に不機嫌だから。特に貴族――……」

「余計なことを喋《しゃべ》るな、コーディー」

クロードは再び不機嫌なオーラを纏《まと》い、エルたちに背を向けた。

「付き合ってられない。俺は先に戻《もど》るから、後はお前が処理しておけ」

エルが呼び止める間もなく、クロードはスタスタと立ち去ってしまう。隣《となり》でコーディーが、なぜか愉《たの》しそうにニンマリしていた。

「コーディー？」

「なるほど、こいつはなかなか相性《あいしょう》が……、ふむ」

そしてコーディーは、クロードの背中に向かって呼びかけた。

「殿下――！　こいつ、今日から騎士団に入団することになってるんですが、せっかくなんで殿下の側付《そばづ》きとして置いてやってもらえませんかね？」

（え!?　……な、何言ってるの――――!?）

突然の斜《なな》め上からの発言に、エルは叫びを飲み込み、小声で必死に訴《うった》えかけた。

「コ、コーディー、そんな話聞いてないわ。どうして私が騎士団に入ることに⁉」

「今決めた。良い案じゃないか？　王太后様の話によると、兄上たちから逃げてきたんだろう？　まさか可愛い妹姫が男所帯の騎士団にいるなんて思わないだろうし、隠れるにはうってつけじゃないかね。ほら、せっかくそうやって男の格好してるわけだし」

「それは……そうかもしれないけどっ、でもそんな……」

しかし、コーディーの言うことには一理あった。確かに、隠れ先としては理想の場所かもしれない。そこまで徹底《てってい》すれば、絶対に兄弟からは見つからないような気がする。

思考を追いつかせようと考えを巡《めぐ》らせていると、クロードが鋭《するど》い眼光を向けながら戻って来た。とりあえずさっきよりも機嫌が悪そうなのが、エルにも伝わってくる。

「……今何と言った？　俺の聞き間違いでなければ、そのチビを側に置けと聞こえたが」

（チ、チビ……？　まぁでも、そうよね……）

暴言に怒るどころか、その通りだとエルは思った。どう見ても騎士団にいそうなタイプではない。コーディーの提案には無理がありすぎるのではないだろうか。だがコーディーは、クロードの負のオーラなど気にもせずにカラリと笑う。

「ええ、言いました。一応これでも俺の大事な親戚なんですよ。あなたの側にいれば目にも付きやすいし、なんとなく安心するかなーと思いまして」

「ふざけるな。俺は子どものお守りなんてご免《めん》だ」

クロードの周りに冷気が立ち込め始めているような気がした。とにかく怒っている。

「こんな頼りなさそうなやつが騎士団に入団だと？　簡単にスリに遭うような、注意力の散漫《さんまん》しているやつが？　そんなやつがいたって何の役にも立たないだろう」

エルを上から見下ろし、クロードは言い捨てる。エルはしゅんと項垂《うなだ》れた。

「そ、それは仰る通りですね。お恥《は》ずかしい限りです」

素直に謝《あやま》られるとは思わなかったらしい。クロードは勢いを削《そ》がれたのか、次なる罵倒《ばとう》の言葉を飲み込んだ。

「まぁそうつんけんせずに。ここは一つ、オリベール王国騎士団団長、コーディー・ライソンたっての頼《たの》みを聞いてもらえませんかね」

「……お前がその改まった口調と締まりのない顔で何か提案してくる時は、ろくでもないことを企《たくら》んでる時だと俺は知っている」

「あはは、嫌だなぁ殿下ってば！　わかってるんだったらわざわざ突っかかってこなくてもいいじゃないですか」

（認めるのね!?）

なんとも軽いノリの従兄弟の返しに、エルは心の中でツッコミを入れた。

「少しは否定しろ。俺は断固拒否《きよひ》する」

「そう言わずに。ほら、エルだって殿下の剣捌きを見ただろ？　この方の側にいたら、色々と学べると思うぞ」

そう言われ、エルは必死に脳内で状況を整理する。

（予想外の展開になってしまったけれど、コーディーの言う通り、騎士団に入団というのは良い方法ではあるのよね。自分の身を守る術《すべ》も身に付きそうだし……そうよ、何が何でもやり遂げるって決めて来たのだから、やるからには徹底して挑《いど》まないと……！）

覚悟を決め、睨みを利《き》かせたままのクロードを真《ま》っ直《す》ぐ見据《みす》える。

「はい！　私は、守るべきもののために、騎士としてお努めしたいと思っております。なので、お側で色々と学ばせてください！」

「いや、だから俺は……」

「よく言った！　騎士団長の俺が許しちゃうから、お前も今日からオリベールの騎士だ！」

「やったぁ！　ありがとう、コーディー！」

「俺は許してない！」

クロードの訴えは、スリの男を引っ立てて鼻歌交じりに歩き出したコーディーには届かなかった。クロードはしばらく文句を言い続けていたが、コーディーの強い意志を曲げることは不可能だと思ったのか、最後に盛大《せいだい》に舌打ちをして後ろを歩き出した。

「あの、これからよろしくお願いします。クロード殿下」

エルは親しみを込めた笑顔を向けたが、返ってきたのはやはり仏頂面《ぶっちょうづら》だった。

「…………」

無言の睨みの中に、彼のどんな想いが秘められていたのかわからない。歓迎《かんげい》の意が込められていないことは、確かだっただろうけれど。

かくしてエルの逃亡生活は、不機嫌そうな王子との出会いと共に、幕を開けたのだった。

第二章✦ひとりぼっちのお茶会

「というわけで、今日からここがお前の部屋だ。エルヴィン」

わざとらしく誇張《こちょう》された呼び名に、エルはクスッと笑う。

「新人にも一人部屋を用意してもらえるのね。良かったわ」

「それなりに歴史と実績のある騎士《きし》団だからな。国からの待遇《たいぐう》は結構いいんだよ」

オリベールの王城に着いたエルは、早速《さっそく》騎士団入団の手続きを済ませた。そしてこれからの生活場所である騎士団の宿舎を、コーディーに案内してもらっているところだった。

「部屋にはシャワーが付いてるから、それを使えばいい。けど大浴場を使いたい時は、さすがに野郎《やろう》どもが全員済ませた後じゃないと無理だな」

「ここのシャワーで十分よ。でも、色々と気を付けなくてはね」

騎士団には男性しかいない。改めて、女だとバレないように気を配らなければ、と思う。

「それにしても、突然《とつぜん》騎士団に入れなんて言うから驚《おどろ》いたわ。確かに隠《かく》れ場所には最適だと思うけれど……。私は素人《しろうと》だし、逆に騎士団の中で目立ってしまわないかしら」

「だーいじょうぶだって。仮にも俺《おれ》の弟子《でし》だったやつが何言ってんだよ」

コーディーに昔教わったのは、あくまでも護身術《ごしん》としての技《わざ》たちだ。けれど、師匠《ししょう》である彼《かれ》がそう言うなら大丈夫《だいじょうぶ》かもしれない、とエルは思うことにする。

「そうね。足りないものはこれから学んでいけばいいんだもの。私、頑張《がんば》るわ！」

「おー、その意気だ！　ま、ここにいた方が俺の目も届くし、一番安全っちゃ安全だ」

コーディーは普段《ふだん》、王城の一角にあるこの騎士団専用の宿舎で生活しているという。コーディーの元を訪ねればいい、なんて漠然《ばくぜん》としたことしか考えていなかったが、今後の生活のことも考えたら、彼の管理下である騎士団に身を置くのが、最善の選択《せんたく》になるのだ。

「その他に必要な身の回りの品は、後で届けさせるよ。ってなわけで、ほい」

コーディーから手渡《てわた》されたのは、騎士団の団服だった。濃紺《のうこん》を基調としたしっかりとした生地《きじ》のそれからは、何とも言えない重みを感じる。コーディーに一旦《いったん》部屋を出てもらい、ゆっくりと袖《そで》を通すと、厳粛《げんしゅく》な気持ちになった。

（これから私の、騎士としての一歩が始まるのね……）

深呼吸をし、気合いを入れ直す。戻《もど》って来たコーディーがエルを見て、「お、なかなか似合ってるじゃん」と微笑《ほほえ》んだ。

「しっかし、お前も思い切ったよなぁ。兄上たち、今頃大騒《いまごろおおさわ》ぎなんじゃないか？」

それは少し、エルも気にはしている。でもここは、情に動かされてはいけないのだ。

「直接話すわけにいかないから、ちゃんと手紙を書いてきたわ。『お兄様が結婚《けっこん》をしてくれるまで帰りません』って」

「おぉ……、直球ゆえに限りなくダメージを与《あた》えられそうな攻撃《こうげき》だな……」

「それにお母様が、私はリトリア国内の親戚《しんせき》の所にいるって話してくださっているはずだから、そう簡単にはこちらまで捜索《そうさく》の手は回らないと思うの」

「見つからないことを願おう。こんな野郎だらけの場所にエルを引き摺《ず》り込《こ》んだことがバレたら、俺の命はないだろうからな」

深刻な顔で言うコーディーに、エルは「そんなわけないじゃない」と笑う。

「いくらお兄様たちでも、そんな物騒《ぶっそう》なことは考えないわよ」

「……あーなるほど、殿下《でんか》方は本当に上手《うま》くやっておられるな。この様子だと、自分の縁《えん》談《だん》の妨害《ぼうがい》もされ続けてきたことすら、気付いてないんだろうなぁ……」

「え？　聞こえなかったわ、何て言ったの？」

「いーや、何でもねぇよ」

苦笑《くしょう》するコーディーの後に続き、部屋の外に出る。

「ねえ、殿下の側付《そばづ》きの騎士って、具体的にはどんなことをすればいいの？」

「難しく考えなくていいさ。あの方の剣《けん》の腕前《うでまえ》は相当なもので、自分の身くらい自分で守れる。だから、やってもらいたいことは、殿下の仕事の補佐《ほさ》みたいな感じかな」

王子と騎士を兼任《けんにん》しているのだ。きっと多忙《たぼう》な毎日なのだろう。

「わかったわ。力仕事を任されるよりは、少しはお役に立てるかもしれない」

「身構えなくていいって。逆に殿下に警戒心《けいかい》を与えてしまうだろうし」

そういえば、かなり警戒されていたようだったことを思い出す。

「……私、もしかして初対面で殿下に嫌《きら》われてしまったのかしら」

「あー、あれは違《ちが》う。お前が伯爵《はくしやく》家の嫡男《ちやくなん》だって言ったから、機嫌《きげん》が悪くなったんだ」

「どういうこと？」

「王侯《おうこう》貴族っちゅー連中をあまり好《す》いていない方なんだ。詳《くわ》しいことはわからんが」

「……そうだったの。なら、私自身が嫌われたわけではないのね。安心したわ」

「そうでなくても、人嫌いというか、基本的に誰《だれ》かと馴《な》れ合うことをしない方だからな。

あ、さっきはすげー睨《にら》んで怖《こわ》い顔をしてたと思うが、あれが標準装備だから気にするなよ」

「怖い顔？　そうだったかしら？」

エルが首を傾《かし》げると、コーディーは「えっ⁉」と驚きの声を上げた。

「ご機嫌がよろしくなさそうだとは思ったけれど、怖いとは一度も思わなかったわよ」

「……屈強《くつきよう》な騎士団の連中でさえビビるほどのあの氷のひと睨みを、怖くないだと……⁉」

「お顔立ちが整ってらっしゃるから、凄味《すごみ》が増しているだけでは？」

「お、お前すごいな……。俺はお前を見くびっていたようだ。うん、お前なら心配ないや」

なぜコーディーが感心した様子なのかはわからなかったが、建物を出て広い庭のような空間に辿《たど》り着いたので、エルの意識はそちらに向かった。

騎士たちが演習を行うための場所だというそこでは、騎士団の面々が休憩《きゅうけい》を取っていた。

「おーお前ら。今日から入った新入りのエルヴィン・アーストだ。よろしく頼《たの》むぞ」

がっしりと鍛《きた》え上げられた肉体の男たちが、色白で小柄《こがら》なエルを不審《ふしん》そうに見つめる。

「団長、えーっと……、ずいぶん珍《めずら》しいタイプの新入りですね？」

「見た目はこんなだが、武術や剣術《けんじゅつ》は俺が仕込んでるからそれなりに出来るやつだぞ」

「はぁ……。そうですか……」

納得《なっとく》出来ないのか、皆《みな》とても複雑そうな表情でエルを上から下まで眺《なが》める。すると、赤毛の短髪《たんぱつ》の男が、ズイッと後ろから進み出た。

「こんなひ弱そうなガキを、誇《ほこ》りあるオリベール騎士団に入れるんですか？」

ストレートな物言いに、周りの騎士たちが慌《あわ》てたように見えた。エルも驚いたが、赤毛の騎士の言うことはもっともだと思ったので、臆《おく》せず彼を見つめ返す。

「仰《おっしゃ》る通り、騎士として鍛え抜《ぬ》かれた皆様にはだいぶ劣《おと》っていますが、一から学んでお努めしたいと思っております。ですので、色々とご指導よろしくお願いいたします」

深々と頭を下げると、赤毛の男が眉根《まゆね》を寄せた。コーディーがエルの背をポンと叩《たた》く。

「この通りだ。やる気は十分あるってこと、従兄弟《いとこ》の俺が保証するからさ。みんな頼むぜ」

「団長の従兄弟……？　ということは、リトリア国の貴族ですか？」

「そうだ。マリク、先輩《せんぱい》としてお前もよろしくな」

マリクと言われた赤毛の男が、不服そうに「貴族の坊《ぼっ》ちゃんかよ」と呟《つぶや》いた。しかしエルは気に留《と》めず、マリクや周囲の男たちをぐるっと見回し、頭を下げた。

「皆様、これからお世話になります。未熟者ではありますが、よろしくお願いいたします！」

力強く言い、顔を上げてニッコリと微笑む。すると、騎士たちが息を呑《の》んで後退した。

（あら？）

その反応の理由がわからなかったが、なぜか皆が、目を見開いてエルの顔をまじまじと見ていた。マリクだけは渋《しぶ》い表情だったが。

（……何かおかしかったかしら）

困惑《こんわく》するエルをよそに、騎士たちは顔を寄せ合ってヒソヒソと話し始めた。「ビックリした、何だ今の……」「すっげぇキラッキラした笑顔《えがお》じゃなかったか!?」「なぜだろう、一《いっ》瞬《しゅん》、後光が射《さ》してるように見えたわ……」などと言い合う姿に、コーディーがクックッと笑う。

「ククッ……、あー面白《おもしろ》い。やっぱりお前は最強だな。エル、お前はそのままでいいぞ！」

何を褒《ほ》められているのかさっぱりわからなかったが、追及《ついきゅう》することは出来なかった。

演習場の向こうに、クロードの姿を見つけたからである。

「クロード殿下！」

エルが声をかけると、騎士たちがどよめいた。先程《さきほど》よりも驚いた表情でエルを凝視《ぎょうし》し、揃《そろ》って五歩くらい下がった。

（え？　どうして皆さん、そんなに後ろに下がってしまったの？）

またもやよくわからなかったが、それよりもクロードが一瞬こちらを睨むように見た後、そのまま立ち去ろうとしてしまったので、エルは慌ててもう一度声をかけた。

「えっ、待ってください、殿下！」

「えぇぇぇ追いかけるのか⁉」という騎士たちの声が聞こえたような気がしたが、エルは構わずクロードの元へ駆《か》けて行った。

「クロード殿下、お疲《つか》れさまです」

「……何の用だ」

どうやらまだご機嫌はよろしくないようだ。だがエルは怯《ひる》まなかった。

「めでたく団服を着用させていただいたので、改めてご挨拶《あいさつ》をと思いまして」

「そんなのいらん」

「もしかしてお仕事中だったのでしょうか？」

「お前には関係ない」

「関係ありますよ。私はあなたの側付きの役目を賜《たまわ》ったのですから」

「そっ、側付きぃ!?」と後方で上がる声は耳に入らず、エルはにこやかに話し続ける。

「なので、何かお手伝い出来ることがあれば教えてください」

「そんなもの必要ない。俺のことは放っておけ、構うな」

「そんなことを仰らずに。遠慮《えんりょ》なくお申し付けください」

「だからいらんと言ってるだろう！　あーもう、鬱陶《うっとう》しいやつだな！」

クロードが凄味を利《き》かせて睨み付ける。またもや後方から「ヒィッ」と悲鳴が聞こえたが、エルは怯《おび》えるどころか別のことを考えていた。

（うーん、頑《かたく》なだわ。せっかく騎士団での役目を請《う》け負《お》ったのだから、その務めを全うしたいと思うのに……）

考え込んでいるうちに、クロードは背を向けて歩き出してしまった。エルは咄嗟《とっさ》にコーディーを振《ふ》り向いたが、「行っていいぞ」と彼の口が動いていたので、そのまま付いていくことにした。その場には、笑いを噛《か》み殺すコーディーと、ぽかんと間抜け面を晒《さら》した騎士たちが取り残されたのだった。

「……おい、なぜ付いてくる」

「私の仕事ですから」

城内に入りしばらく歩くと、クロードが面倒《めんど》くさそうに口を開いた。やっと口をきいてくれたわ、と思いながら、エルは微笑んで返す。

「しつこいやつだな。何度言ったらわかる。そんなもの必要ない」

「今はまだ使いものにはなりませんが、教えていただければ、少しずつお役に立てるようになれると思うのです」

「だから、使いものになるならない以前の問題で、側付きなんていらないと……」

「殿下はいつも、執務《しつむ》の合間に騎士団のお仕事や演習に参加されているのですか？」

「人の話を聞け。……ったく、疲れるやつだな……」

「あ、お疲れのようでしたら、癒《いや》し効果のあるハーブティーをお淹《い》れしましょうか？　私、これでもお茶を淹れることには自信があるんです。たくさん勉強しましたから」

「あーもういい、わかった。全く疲れてないから何もするな」

投げやりに言うクロードの後ろを、残念に思いながらエルは歩いていく。

（せっかく、お兄様たちからお墨《すみ》付きをもらった腕前を、披露《ひろう》出来るかと思ったのに）

無言で前を歩くクロードは、とりあえず追い払《はら》うことは諦《あきら》めてくれたらしい。エルはそのことに安堵《あんど》しながら、自分よりずっと高い身長と、広い背中を観察する。

（同じ王子でも、私の兄弟たちとはずいぶんタイプが違う方よね）

クロードは今年二十一歳《さい》になる第一王子で、下に弟と妹が一人ずついるのだとコーディーから聞いた。母親はオリベール国王の第二王妃《おうひ》だが、第一王妃に子がいないため、クロードが王位継承《けいしよう》権第一位なのだそうだ。

(何と言うか、寡黙《かもく》な方のようね)

エルの兄弟の中には口数が少ない者もいたが、エルに対してはにこやかに話しかけてくれる人だった。だから、クロードのようなタイプと接するのは初めてだ。

(まだ一度も笑ったお顔を見ていないのよね。……このままだと、よろしくないわよね)

せっかく、隠れ場所として最適な場所に居着く機会を得られたのだ。追い出されたりしないように、ここでの生活を上手《うま》くこなしていかなくてはならない。

まずは側付きの仕事をしっかり務めること。だがそれには、クロードと上手くやっていくことが必須《ひつす》条件になるだろう。こんな風に距離《きより》を置かれている状態は望ましくない。

(何事も積み重ねが肝心《かんじん》よね。殿下の側付きの騎士として認めてもらえるよう、一つずつ努力していかないと)

そう考え、エルは俄然《がぜん》、やる気に火を点《つ》ける。

少しして、クロードの執務室に着いた。ずっと黙《だま》っていた彼がようやく口を開いたと思ったら、手渡されたのは大量の書類だった。

「これを各所に渡してこい」

「え？　あ、はい。えーと……、どちらへ？」

「書類の中に書いてある。全部渡し終わるまで帰って来るな」

そう言って、部屋を追い出される。

（……なるほど、側付きとして最初の仕事ということね）

書類に目を落とすと、確かにそれぞれ宛名《あてな》が記してあった。

（もしかして、この仕事を通して城内の構造を頭に入れろってことかしら？　きっとそうだわ、宛先がバラバラだもの。全ての場所を回ったら、だいぶ詳しくなりそうね）

使用人に任せればいい雑用を押《お》し付けて厄介払《やっかいばら》いされた、などとは微塵《みじん》にも思わなかったエルは、きっとこれは自分のために任された仕事なのだとむしろ喜んだ。

（でも、困ったわね。地図を借りるべきだったかしら）

初めて歩く城で、書類の文字だけを頼《たよ》りに目的地に向かうのは、かなりの難題だ。

悩《なや》んでいると、近くを通ったメイドがこちらをチラチラ見ているのに気が付いた。目が合うと、彼女《かのじょ》はなぜか頬《ほお》を染め、慌てたように目を逸《そ》らす。エルは一瞬迷ったが、このまま突《つ》っ立っているわけにもいかないので、メイドに声をかけることにした。

（男らしく、尚且《なおか》つ初対面の女性を警戒させないように振《ふ》る舞《ま》わないと。ということは、お兄様たちの真似《まね》をすれば間違《まちが》いないわよね）

そう考え、メイドの前でピタリと足を止め、軽く頭を下げて優《やさ》しく微笑む。

「すみません、お聞きしたいことがあるのですが、少々よろしいですか？」

「はっ、はいっ」

上擦《うわず》った声で返答するメイドに、出来るだけ丁寧《ていねい》に質問をする。

「私はクロード殿下の遣《つか》いの者で、ここに書いてある方の元へ行きたいのですが、どちらへ行けばいいのでしょう？　なにぶん、今日騎士団に入団したばかりでして、城内の造りがまだよくわからないのです」

「こ、この方でしたら、この回廊《かいろう》の突き当《あた》りにあるお部屋に、いらっしゃると思いますっ」

「そうなのですね。良かった、これで仕事を進めることが出来ます」

ふわりと微笑み、メイドの手を取る。そのまま持ち上げて、甲《こう》に軽く口付けを落とした。

「――――っっっ!?」

「助かりました。ご親切にありがとうございます」

瞳《ひとみ》をじっと覗《のぞ》き込んで感謝を伝えると、メイドは顔を真っ赤にして「どっ、どういたしまして!!」と答えた。それから彼女は張り切って、他数名の居場所まで教えてくれた。

一通り聞いて去ろうとすると、茹《ゆ》でだこのように赤くなったメイドがエルを呼び止めた。

「あ、あの……！　騎士様のお名前を伺《うかが》ってもよろしいですかっ!?」

「ああ、申し遅《おく》れました。私はエルヴィン・アーストと申します。またお目にかかる機会があるかもしれませんね。今後ともよろしくお願いいたします」

「は、はいぃぃ……！　エルヴィン様……！」

（エルヴィン様？）

様付けされたことに違和感《いわかん》があったが、メイドはキャーキャー言いながら走り去ってしまったので、理由を聞くことは出来なかった。彼女が自分の振る舞い——兄弟のせいでちょっと勘違《かんちが》いしている〝男らしい振る舞い〟に魅了《みりよう》されたことなど気付かずに、エルは教えてもらった場所へ向かうことにした。

「クロード殿下、お引き受けした仕事は全て完了《かんりよう》しました」

達成感に満ちた気持ちで執務室に戻ると、クロードが疑うような顔をエルに向けた。

「……終わったのか？　もう？」

「はい。通りすがる方々が、それはもう親切に道を教えてくださいまして。そのおかげで、こうして時間をかけずに遂行《すいこう》することが出来ました」

「…………へぇ」

クロードはつまらなそうにして、手元の書類に視線を落としてしまう。

「使用人から役人の方まで、皆さん気さくな良《い》い人たちで助かりました。きっと、クロード殿下を始めとする王族の方々のお人柄《ひとがら》が、周りの皆さんにも影響《えいきよう》しているのでしょう

ね」

「そんなわけないだろう、馬鹿馬鹿《ばか》しい」

クロードは吐《は》き捨てるように言い、信じられないものを見るような目でエルを見た。

「本気でそう思ったのか？　お前の頭はどうなってるんだ？」

「真摯《しんし》にご自分の責務にあたられている殿下を見ていれば、そう思います。主君の志は、臣下に伝わるものでしょうから」

「今日会ったばかりのくせに何がわかるって言うんだ。知ったような口をきくな」

「……確かにそうですね。私はまだ殿下のことをよく知りません。なので、少しずつでいいから教えてほしいです」

「断る」

キッパリと言われてしまったが、エルは全く諦める気がなかった。

（初日からいきなり親しくなろうなんて、難しいわよね。でも、毎日接していれば何か変わるはず。波風立てず、着実にここでの生活を続けていくためには、めげている暇《ひま》なんかないもの。ええ、頑張るわよ）

よーし、と心の中で奮起していると、クロードが眉間《みけん》に皺《しわ》を寄せた。

「なぜそこで顔を輝《かがや》かせる」

「改めて、やる気に満ち溢《あふ》れていたところなのです」

「……お前の思考回路は理解出来ない」

苛立《いらだ》たしげに呟いたクロードが、また新たな書類の山を指した。

「もういい、今度はこれを配ってこい」

「かしこまりました！」

エルは元気よく返事をし、意気揚々《いきようよう》とまた城内巡《めぐ》りを開始したのだった。


一日を終え、自室に戻り団服を脱《ぬ》ぐ頃には、充足《じゅうそく》感と疲れが一気に押し寄《よ》せ、エルは簡素なベッドにドサッと倒《たお》れ込んでいた。

（目まぐるしい一日だった……。でも不思議。疲れたけれど楽しい気持ちが勝っているわ）

大切に囲われ、淑《しと》やかに過ごしていた頃とは真逆の生活をしているのに、思いのほか自分が戸惑《とまど》っていないのは、国と兄弟のためという使命感に燃えているからだろう。

それに、未知の世界への期待も少なからずある。今まで経験出来なかった色々なことを、学んでいきたいという気持ちに突き動かされているのも確かだ。

（だけどみんなは……心配しているかしら）

毎日側にいてくれた十人の兄弟たちの顔を思い浮《う》かべる。そうしていると少しだけ感《かん》傷《しょう》的になってしまうが、そんな自分を叱咤《しった》するように首を振る。

（ううん、心配されないような私になるって決めたんじゃない。そう、私は変わるのよ）

団服の下、胸元《むなもと》を抑《おさ》えていたサラシを取り、深く息を吸う。

自分と兄弟が変わるため。そのための男装と逃亡《とうぼう》生活なのだ。

(笑顔でみんなにまた会える日が来るように、今は私に出来ることを頑張らないと)


しかし、エルのやる気とは反して、クロードから任される仕事は、書類や本の荷物運びに留《とど》まっていた。他に何か手伝えることはないかと尋《たず》ねても、「ない」の一点張り。当然、クロードとの距離も縮む気配がなかった。

(今日で騎士団に入ってから五日目だけれど、なかなか心を開いてもらえないわね)

新人騎士であるエルは、騎士団の仕事を覚える必要もある。王子としての公務を兼任しているクロードには免除《めんじょ》されることも、エルには免除されないのだ。

そんなわけで、今朝も早くから演習場の掃除《そうじ》をしている。生粋《きっすい》のお姫《ひめ》様であるエルは掃除なんてしたことがなかったが、生まれて初めてやるからこそ楽しんでいるところもある。

「おー、新入り。お前の掃除の仕方はほんと丁寧だよなぁ」

ぞろぞろとやって来た先輩騎士たちが、きちんと整備された演習場を見て感心する。

「おはようございます、皆さん。お褒めにあずかり光栄です」

　ガタイのいい男たちにズラッと囲まれる——なんて、リトリアの王城にいた頃は想像も出来なかった光景だが、案外すんなりと溶《と》け込んでいる自分には驚いた。もちろん最初は緊張《きんちょう》もしたが、豪快《ごうかい》ながらも気さくな人たちのおかげで、良い感じに馴染《なじ》めている。

　男性に囲まれて暮らすという状況《じょうきょう》は、タイプは全く違うものの、兄弟たちによって自然と慣らされてきていた、というのもあるかもしれない。

「そうだエルヴィン、今日からお前も演習に参加していいぞ」

「え、いいのですか？」

「団長の弟子だったんだろ？　その腕前をとくと見せてみろ」

　ポンと肩《かた》を叩く先輩に、エルは喜び全開の笑顔を見せる。周囲から「うっ相変わらず眩《まぶ》しい」という呟きが聞こえたが、演習に加われることが嬉《うれ》しかったエルには届かない。

「まだ早いとは思ったんだが、まーあれだ、お前なかなか骨のあるやつっぽいからな」

「骨のある、ですか？　私が？」

「そりゃお前、あのクロード殿下に臆《おく》せず話しかけにいけるなんて、大したもんだからよ」

　うんうん、と周りの騎士たちが頷《うなず》く。その様子にエルは首を傾げた。

「確かに気軽に話しかけるのは畏《おそ》れ多いと思いますが、私は側付きですし」

「いや、畏れ多いとか以前の問題だろ⁉　あの絶対零度《れいど》の空気を纏《まと》っているお方に、側付きとはいえよくも怯まず声かけられるよなって話だよ。常に『誰も近付くんじゃねぇオーラ』を放ってるじゃないか。……おっかなくないのか？」

「あはは、そんなことありませんよ。ちょっと無愛想かもしれないですが、話しかけたらちゃんと応えてくださいますし」

エルが笑い飛ばすと、騎士たちは驚きの表情でエルを見つめた。

「お前、大物だな……。俺ならあの氷のような冷たい目で睨まれたら、ビビッて動けなくなるっつーのに」

「鈍感《どんかん》を極《きわ》めると、何でも肯定《こうてい》できる超絶《ちょうぜつ》ポジティブ人間になれるって学んだぜ……」

騎士たちがひそひそと話す後ろから、突然不満そうな声が飛んできた。

「何がポジティブだよ、くだらねぇ。お前みたいなおめでたい頭のやつを見てるとイライラするわ。箱入りお坊《ぼっ》ちゃまが」

そう言ってエルを睨み付けたのは、マリク・ノイマンだった。入団初日から何かとエルに突っかかってくる十九歳の若手騎士を、先輩たちが「まあまあ」と宥《なだ》める。

「マリク、そうカッカすんな。エルヴィンが騎士団長のお墨付きをもらってるだけでなく、王太子殿下の側付きに任命されたからって、嫉妬《しっと》しなさんな」

「なっ……、勘違いしないでください！　俺はただ、どっからどう見てもひ弱そうなガキが騎士団にいることが、納得出来ないだけです！　大体、殿下の側付きって言ったって、どうでもいい雑用押し付けられてるだけじゃないですか！」

喚《わめ》き出すマリクの言葉に、エルはハッとさせられた。

「あ、あの、今、雑用と仰いました？」

「あ？　なんだよ、間違いねーだろ」

「……もしかして、私が頼まれてきたことは、騎士や側付きの任務とは関係がなかったのでしょうか？」

「今更《いまさら》気付いたのか⁉」

マリクはもちろん、先輩騎士たちも声を上げて驚いた。

「城内のことについて詳しくなるために、わざといろんな場所に向かう仕事を頼まれていると思っていたのですが」

「いやお前それ、殿下に追い払われてただけだから……」

「ええっ、そうだったんですか！」

「何この素直《すなお》さ……。こんなに純粋培養《じゅんすいばいよう》のお坊ちゃま初めて見たわ……」

周囲の感心するような声をよそに、エルは自分の鈍《にぶ》さに恥《は》じ入っていた。クロードと距離を縮めていきたいと思っていたのに、むしろ離《はな》されていただなんて。

「私、気付きませんでした。マリクさん、教えてくれてありがとうございます」

「な、なんでお礼を言われてるんだ俺は……っ」

「お前も段々わかってきただろう。ああいうやつだ、エルヴィンは」

悔《くや》しそうなマリクの背中を、先輩騎士たちが慰《なぐさ》めるように叩いた。

一方、エルは真剣《しんけん》に考え込んでいた。

(このままではいけないわ。ちゃんと殿下とお話ししないと)

その思いが通じたのか、ちょうど演習場にクロードが現れた。エル以外の騎士たちが、一斉《いっせい》にピシッと背筋を伸《の》ばして固まる。

(なんて良いタイミング!)

「クロード殿下、お疲れさまです。殿下も演習に参加されるのですか?」

騎士たちが止める間もなく、エルはいつも通りクロードに話しかけに行く。対するクロードもいつものようにエルをひと睨みし、無視してスタスタと歩いていく。後方の先輩騎士が「こ、怖《こわ》……っ」と声を漏《も》らしていたが、構わずエルは後を追う。

「殿下が手合わせするお姿を拝見するのは初めてですね。楽しみです」

「……俺は参加するなんて言ってない」

「でも、演習用の木剣《もっけん》をお持ちではないですか」

クロードは返事をしない。それならば、とエルはさらに問う。

「では他に何かご用が? 私に出来ることでしたら仰ってくださいね」

苛々《いらいら》が募《つの》ったのか、クロードは振り返ってさらにキツくエルを睨み付けた。

「喧《やかま》しいやつだな。お前に出来ることは一つしかない。今すぐ俺の目の前から消え去れ」

先輩たちが凍《こお》り付いている気配を背中に感じながら、エルはニコッと微笑んだ。

「やっと目を合わせてくれましたね」

「はあ？」

〝目を合わせる〟という表現は明らかに間違っている、とその場にいる誰もが思ったが、エルにとってはそうではなかった。たとえ機嫌が悪そうでも、背を向けられたままよりはずっといい。

「それで、殿下はどんなご用があってこちらに？」

そのまま平然と会話を続けるエルに、クロードは眉間に深く皺を刻む。

「……お前、恐《おそ》ろしく神経が太いよな」

ボソリと呟かれた内容は聞こえず、聞き返そうとしたが彼の長い溜《た》め息に阻《はば》まれた。

「………コーディーが珍しく演習に参加すると言っていたから、来ただけだ」

そこでエルは、以前先輩たちに聞いた話を思い出した。クロードは普段、演習には参加しないということを。理由は、彼の剣の腕前は相当なもので、相手を出来るのが騎士団長であるコーディーしかいないから、ということだった。

「なるほど、だから木剣をお持ちだったのですか。ですが、まだ団長は来ていませんね」

「そのようだな。なら用はない、帰る」

「ああっ、待ってください。それなら私とお手合わせをお願いします」

「え――――っ!?」と騎士たちの驚愕《きょうがく》の叫《さけ》びが聞こえた。クロードはというと、「またこいつ面倒なこと言い始めやがった」とでも言いたげに、顔をしかめた。

「お、おい、エルヴィンや……、お前はなんて畏れ多いことを……」

震《ふる》える先輩騎士の声を遮《さえぎ》り、エルはニコッと笑う。

「それで、もし私が殿下に一撃《いちげき》でも当てることが出来たら、お話を聞いてほしいのです」

「嫌《いや》な予感しかしないから断る」

「そう仰らずに。さ、いきますよ!」

「お前はなんでそう無駄《むだ》に強引《ごういん》なんだ!?」

逃《に》げられる前に、とエルは木剣を手に、クロードに向かっていく。先輩たちの男らしくない悲鳴を背後に、剣を振り下ろす。

だがクロードも動いた。彼の動きは視認《しにん》できない速さで、一瞬のうちに彼の剣にエルは弾《はじ》かれてしまった。

(わっ……。やっぱり速いわね、殿下の剣は)

久しぶりに誰かと剣を交えることが楽しくなり、エルは負けじとまた突っ込んでいく。

木剣を打ち合う音が、青空の下に気持ちよく響《ひび》く。ハラハラしながら見守る騎士団の面々を前に、意外にもエルはクロードの動きに付いていき、粘《ねば》りを見せていた。

けれど、ギリギリで彼の剣を躱《かわ》すのが精一杯《せいいっぱい》で、こちらから反撃《はんげき》する隙《すき》が全くない。その上、体力の差は歴然としている。

(でも、負けるわけにはいかないわ)

ここでの生活を守るため、クロードに自分のことを認めてもらいたいのだ。リトリアと兄弟のことを想《おも》い、エルの身体《からだ》にさらに力が入る。

大きく振り下ろされたクロードの剣は、逃げようもない角度でエルを狙《ねら》ってきた。だがエルはそれをなんとか見切り、クロードが体勢を立て直す前に踏《ふ》み込む。その時目が合ったクロードは、一瞬驚いたような顔をした。勢いよく振り上げた剣はクロードの肩に迫《せま》っていたが、素早《すばや》く反応した彼に強く打ち返され、手を離れて飛んでいってしまった。

(あぁ……！　もう少しだったのに)

空高く弾かれた剣を目で追い、悔しくなる。視線を下ろすと、クロードが珍しい動物でも観察するように、まじまじとエルを見ていた。

「お前、意外と……」

そう言いかけた彼の肩に、タン、と軽い音を立て、木剣が落ちてきた。

「え」

エルをはじめ、クロードも、観衆と化していた騎士たちも、しばし動かなかった。

カランカラン、と木剣が地面に落ちて鳴らす音を聞いていると、騎士たちからおーっという歓声《かんせい》が沸《わ》き起こった。クロードはしかめっ面《つら》になり、木剣を納める。

「……俺の負けか」

「え、でも今のは……」

一撃当てた、というには微妙《びみょう》だ。クロードの剣がエルの身体に触《ふ》れるより先に、エルの剣が彼に触れたことには間違いないのだけれど。

「当てたことには変わりない。それに……思っていたより動けるようだから、お前の話とやらを聞いてやらなくもない」

不服そうではあるが、クロードはそう言った。エルは嬉しくなり、微笑む。

「ありがとうございます。殿下はとってもお心が広い方なのですね」

「はあ？　なんでそうなる」

「私がそう思ったのですから、そうなのです」

「答えになってないだろう。わけがわからん……あーもう……」

そんな二人のやり取りを、騎士たちが呆気《あっけ》にとられた様子で眺めていた。

「殿下がエルヴィンに押されている……⁉」「あの殿下が……⁉」というコソコソした声を聞き取ると共に、クロードが急に険しい顔になった。そのまま騎士たちを鋭《するど》く睨み付ける。

その迫力《はくりょく》に負けて姿勢を正す彼らに背を向け、クロードは歩き出してしまった。

「わ、待ってください殿下！　話を聞いてくださるんじゃないんですか？」

「うるさい！」

そのままズカズカと歩いていってしまうクロードを、エルも急いで追いかける。思い出したように振り返り、先輩たちに声をかける。

「すみません皆さん、ちょっと外します！」

「お、おお……。健闘《けんとう》を祈《いの》ってるぜ……」

「あいつやっぱすごいな、あんなに殿下と会話できるなんて……」

騎士たちの怯えたような呟きだけが、その場には残った。


「殿下、待ってください。話を聞いてくださいってば！」

執務室に着いたところで、彼はようやく足を止めた。

「……ほんっと、調子狂《くる》わされるやつだな、まったく……」

「え？　何か仰いましたか？」

「何でもない」と言いながら振り返ったクロードに、ようやくエルは伝える。

「えっとですね、私のお話というのは……、側付きのお仕事についてなんです」

「辞《や》めたくなったか？　よし、今すぐ辞めろ。許可する」

「もう、なんでそうなるんですか。そうじゃなくて、もっと他にもやらせてくださいってお伝えしたかったんです」

クロードが不愉快《ふゆかい》そうに鼻を鳴らす。

「……お前の結論がなぜそうなったのかを俺は知りたい」

「だって私、殿下に追い払われているだけだって気付いてしまったんです」

「そこまでわかってても辞めたくならないのか。良い度胸してるな」

「辞めませんよ。だって、まだ全然殿下のことを知れていないですから」

「知る必要なんかないだろう。お前に何のメリットがある？」

「もちろんあります。殿下のことを知れた分だけ、仲良くなれますから」

「仲良っ……、だからお前はどうしてそう恥ずかしいことを平気で言えるんだ⁉」

「恥ずかしくなんてないです。殿下の側付きの役目を担《にな》う者として、少しでも殿下と親しくなりたいと思うのは間違っていないと思うのですが」

そしてそれは、最終的には国と兄弟を守ることに繋《つな》がる。エルがこの場所で、問題なく生活していけることが重要なのだから。

真剣なエルを見たクロードは、髪《かみ》をかき回して「あーもう」と苛立たしげに口を開いた。

「俺はお前と仲良くなりたいなんてこれっぽっちも思っていない。だからとにかく、俺に干渉《かんしょう》するな。今まわしてやってる仕事じゃ不満だというなら辞めろ」

そう言って、部屋の中からいつものように書類の山を持ってきて、エルに押し付ける。

エルが何か言おうにも、扉《とびら》はバタンと閉じられてしまった。

（うーん、あそこまで言われてしまったら、今日のところは退《ひ》くしかないわね……）

仕方ないと息を吐き、エルは今日も書類運びの仕事に取り掛《か》かることにした。


「殿下、失礼しま――……」

書類の山を運び終えて執務室に戻ったエルは、さらにもう一山分、書類が積まれているのを発見してしまった。

（まだこんなにあったのね……）

それを置いていった部屋の主《あるじ》はいないようだ。そういえば今日は、官僚《かんりよう》や大臣など政治を取り仕切る国の上層部の者たちと、重要な会議が行われる予定だと聞いていた。

（とすると、まだ戻っては来ないかしら。でも、この山も早目に片付けた方がいいわよね）

そうして、新しい書類の山を抱《かか》えて部屋を出る。黙々《もくもく》と仕事に専念しながら城内を歩いていると、真っ黒で重厚《じゆうこう》な扉が目に入った。エルがまだ一度も入ったことのない部屋だ。

（確か、ここがその会議室よね）

記憶《きおく》を辿りながら部屋の前を通り過ぎた直後、重い音を立てて扉が開いた。次いで、中から人がぞろぞろと出てくる。

会議が終わったようだ。身なりを見る限り、部屋から出てくるのは皆、高い地位の者たちに思える。クロードの姿は見えなかったが、出てくる人が揃いも揃って疲れ果てた顔をしているのが、エルは気になった。

(難しい会議だったのかしら。国政に関わることですものね、きっと緊張した空気の中執《と》り行《おこな》われるんだわ)

リトリアでもそういう場に同席したことがないエルは、やつれた二人組の男が通り過ぎるのを見て、なんとなく心配になってしまう。

(今の人たちは官僚ね。胸元の緑色のバッジは、確かそうだったはず)

王城で役職に就《つ》いている者は、その地位が一目でわかるようそれぞれ役職ごとに色の違うバッジをしているのだ。騎士団には団服があるためバッジを付ける決まりはないが、文官たちにはその決まりが定められているのだと、ここに来た初日に教わった。

「おい」

その時聞こえた、回廊《かいろう》の隅《すみ》にまで響《ひび》き渡るような冷たい声音《こわね》に、エルは振り返った。

(クロード殿下?)

クロードはエルの前を素通《すどお》りし、やつれた様子の官僚たちに詰《つ》め寄った。

「で、殿下……、まだ何か……?」

動揺《どうよう》しきった様子の官僚たちに、クロードがいつもの睨みを利かせる。会議室から出てきた他の官僚や大臣たちが、一斉にクロードたちから距離を置いた。

（え？　な、何？）

「お前たち、さっきの話はまだ解決していないからな。くだらない提案はさっさと取り下げておけよ」

「……お言葉ですが殿下、先程も申し上げましたように、くだらなくはありません。歴史ある我《わ》が国の威厳《いげん》を保つために、祭祀《さいし》を担う教会の定期的な修繕《しゅうぜん》は、必要不可欠で……」

「だから、定期的とは言っても、半年に一度は頻繁《ひんぱん》すぎると言ってるんだ。しかも、その作業にも半年かかる理由がさっぱりわからん」

「神聖な場所ですゆえ、入念な手続きと準備に時間がかかるのです。ご理解ください」

「理解なんか出来るか。一か月で速《すみ》やかに終わらせるか、その作業を五年に一度にするか、どっちかにしろ。それが出来ないならさっきの案は却下《きゃっか》だ。もう少し頭を使って考えろ」

クロードが冷たく言い放ち、官僚が押し黙る。

（え、えっと……、これは一体、何が……）

目の前の氷点下の空気に、エルも思わず凍り付く。

（いつにも増して、殿下のご機嫌がよろしくないような……？）

「いいか。そんなことに使う金のために、懲《こ》りずに国民から徴収《ちょうしゅう》する税金を上げることは、絶対に許さない」

最後にもう一度圧をかけ、クロードは官僚たちに背を向けた。

(……あ。なんとなくわかった……かも……?)

教会の修繕費を巡って議論が繰《く》り広げられていたようだ。なんだか妙《みょう》にお金のかかるそれのせいで、国民の税金が上がりそうになっている。しかもそれは初めてのことではないようで、それをクロードは反対している……といったところだろうか。

(でも、ちょっと言い方が……キツいのではないかしら)

国民のことを思って怒《おこ》っていたのはわかったが、残された周囲の人間のこの居《い》た堪《たま》れない空気からして、言い過ぎなのではないかとも思う。

思ったことをハッキリ口にする人だということはわかってきたが、どうにも落ち着かなくなったエルはクロードを追いかけた。


「あの、クロード殿下」

返事はなく、彼は振り返りもせず歩き続ける。先程のお怒りモードを引き摺っているようだ。しかし聞こえてはいるはずなので、エルは続ける。

「たまたま通りかかったので、今のやり取りを聞いてしまいました。それで、その……」

「お前には関係ないことだ」

突き放すような声だった。もちろん、エルが口出しすべきことでないことは、わかっている。それでも黙っていられないと思ったのだ。

「仰る通りです。ですから話の内容ではなく、話し方について申し上げたいと」

「話し方だと？」

クロードは立ち止まり、特大の睨みと共に振り返った。エルはその迫力に押されないよう、真っ直《ま》ぐ《す》その瞳を見つめ返す。

「そうです。あのような仰り方では、殿下が損をすると思いました」

「損？　俺が？」

「ええ。正論を口にしていても、あのように冷たくて一方的な話し方では、伝わるものも伝わらないと思うのです。殿下の印象も良くならなくて、すごくもったいないです」

間違ったことは言っていなくとも、喧嘩腰《けんかごし》になっていたせいで、周りを怯えさせて台無しにしている気がした。賛同してくれる人も中にはいたかもしれないのに、自らその数を減らしていたのではないだろうか。

「フン、別に印象なんかどうでもいい。正論が通じないやつも放っておけばいい」

「ですが、あれでは周りの皆さんを萎縮《いしゅく》させてしまうだけかと……」

「あれくらいで怯んでるやつらなんか知るか。どうでもいい」

「だから、どうしてそう何でも突き放すような言い方をするのですか！」

ほんの少しムキになってしまうと、クロードはさらに目を細めてエルを睨んだ。

「俺に意見するなんて、大層なご身分のようだな。その減らず口をどうにか出来ないなら、側付きどころか騎士団まで辞めさせるぞ」

「……っ」

そう言われたら、エルはもうそれ以上何も言えなかった。

黙ったエルを一瞥《いちべつ》し、クロードはまた歩き出す。やがて回廊の角を曲がり、姿が見えなくなった。

ここを追い出されるわけにはいかない。けれど、ああやって人と距離を置くことを躊躇《ためら》わないクロードのことを放っておけない気持ちも、エルの中にはあるのだった。

どうしてあんなに頑ななのだろう。

（……難しいわね……）

意気消沈《しょうちん》しながらも、まだ腕《うで》に抱えた残りの書類のことを思い出し、エルはとぼとぼと反対の方向へ歩き出した。

そうして残りの分も少なくなった頃、西の棟《とう》に続く回廊の端《はし》で、エルはふと足を止めた。

この仕事も五日目ともなれば、城内の構造はだいぶ頭に入ってきている。オリベールの王城はリトリアの城より広く、最初は迷路《めいろ》のように思えたが、使用人たちと顔見知りになったことでだいぶ仕事はしやすくなっていた。けれど西の棟の奥《おく》までは、足を踏み入れたことがないことに気付く。

（西の棟には、図書室に行くぐらいしか用がなかったのよね）

王城の中でも執務区域にあたるのは東側で、西側には王族の私的な部屋が多く造られているらしい。クロードの私室もこちら側にあると聞いた。

人気《ひとけ》のない回廊の奥を、じっと目を凝《こ》らして見つめる。

（騎士の身分で、用もないのにウロウロするわけにはいかないわよね……）

それでも足を止めてしまったのは、回廊の奥から花々の良い香《かお》りがしてきたからだ。回廊の先、高い生垣《いけがき》に囲われた奥から、その香りはやってくるようだった。

それは、先程のクロードとのやり取りで沈《しず》んでいたエルの心を、宥めるような優しい香りだった。

（もしかしてこの先に、庭園でもあるのかしら？　ちょっと気になるわね……）

誘《さそ》うような甘《あま》やかな香りに、足を踏み出しかけた時だった。強い風が吹《ふ》き、持っていた書類が数枚、飛んでいってしまったのである。

「わっ、待って！」

その声も虚《むな》しく、書類は生垣の向こうに落ちてしまう。どうしようと辺りを見回すと、生垣に沿うように高い木が植わっているのが目に入る。

躊躇《ちゅうちょ》したのはほんの一瞬だった。

（……ごめんなさい、書類を取りに行くだけなので！）

心の中で謝《あやま》り、思い切って木を登り始める。

（昔、お兄様たちに言われて木登りの特訓をしていて良かったわ）

幼き日の誘拐騒動《ゆうかいそうどう》後、エルは〝もしもの時のための護身術〟の一つとして、日常で使えそうなものから全く役に立たなそうなものまで、数々の技や知識を教え込まれてきた。王女として生きていく分には不要に思えた木登り術だが、今まさに役に立っている。

ひょいひょいと身軽に登り切り、生垣の向こうを見下ろすと、そこにはエルが想像していた以上の景色が広がっていた。

「まぁ……、なんて素晴《すば》らしいのかしら……！」

視界に広がるのは、一面に広がる色とりどりの花の絨毯《じゅうたん》だった。数え切れないくらいの種類の花々が、ここだけ春を詰《つ》め込んだみたいに見事に敷《し》き詰められている。花畑の中央には、屋根の装飾《そうしょく》が繊細《せんさい》で上品な東屋《あずまや》がちょこんと建っており、なんだか可愛《かわい》らしい。まるでお伽話《とぎばなし》の一ページを切り取ったような空間だ。沈んでいた気持ちを忘れてしまうほどの美しさに、エルはつい見惚《みと》れてしまう。

けれど少しだけ気になったのは、四方を高い生垣に囲まれているせいか、広いのに閉鎖《へいさ》的な空間のように見えたことだ。

（何か特別な場所だったりするのかしら。早く退散した方がいいかもしれないわね）

書類は生垣の内側に落ちていた。周囲を確認《かくにん》し、そおっと生垣の向こう側に下りていく。

(良かった、全部あったわ。もう少し探検してみたいけれど、早く戻りましょ――……)

「まぁ、どなた？」

「ひゃっ」

背後から小さな声が聞こえ、エルは慌てて振り向く。

そこには、眩しい白銀の髪に、ふわりとした淡《あわ》い緑色のドレスを着た女性がぽつんと立っていた。線が細く儚《はかな》げな印象だが、整った顔立ちも陶器《とうき》のようになめらかな肌《はだ》も、精巧《せいこう》に作られた人形のように美しい。漂《ただよ》う気品から、位の高い人物だろうとエルは直感した。

「もっ、申し訳ありません！　書類がこちらに飛ばされ、勝手にお邪魔《じゃま》してしまいました」

「まあ、それは災難だったわね。探し物は全て見つかって？」

小鳥の囀《さえず》りのようだが、不思議としっかり響く声だった。

「はい。無事に見つかりましたので、すぐに失礼しま――……」

「ねえ、もしかしてあなた、先日騎士団に入団した新入りさんではなくて？」

吸い込まれそうな翡翠《ひすい》色の瞳に見つめられ、エルは頷く。

「ああ、やはりそうなのね。あなたのことは城内で噂《うわさ》になっているみたいだから。輝く金《きん》髪《ぱつ》に透《す》き通ったライトブルーの瞳、天使のように美しい少年が現れたって」

美の女神《めがみ》を体現しているような女性に言われるのは落ち着かなかったが、一応〝少年〟

と広まっていることにエルは安堵した。何と答えたらいいか迷っていると、遠くの方から慌てたような女性の声が聞こえてきた。

「今、話し声が聞こえたような……。何かございましたか？　王妃様」

(王妃様⁉)

エルが驚いて目の前の女性を見つめると、彼女はシー、と人差し指を口元に翳《かざ》した。

「いいえ、何も。子猫《こねこ》が迷《まよ》い込んだみたいなの。でももう行ってしまったわ」

駆けて来たのは王妃付きの女官だったようだ。そうして、女官を下がらせた王妃に、エルはもう一度頭を下げた。

「あの……、申し訳ありません。王妃陛下の御前《おんまえ》だったとは」

「気になさらないで。それより、良かったら一緒《いっしょ》にお茶をしない？　一人で退屈《たいくつ》だったの」

「え、でも」

そんなわけにはいかないと断ろうとしたが、その時エルは、王妃がどことなく寂《さび》しげな表情をしていることに気が付いた。華《はな》やかな花々に囲まれていながら、ちっとも晴れやかではないその顔が、妙にエルの中で引っかかった。

(こんなに綺麗《きれい》な場所でも、ひとりぼっちでお茶をするのは……確かに寂しいわよね)

エルが迷っていると、王妃はしゅんと項垂《うなだ》れた。

「……駄目《だめ》かしら」

「い、いえ！　では、お言葉に甘えて、ご一緒させてください」

今は一騎士である自分が王妃とお茶をする、なんてとんでもない話だと思うが、彼女の切ない表情を見ていたら、勢いでそう答えてしまった。王妃が嬉しそうに微笑んだので、エルはホッとする。

「嬉しいわ、ありがとう。わたくしはマデリーンよ。新入り騎士さんのお名前は？」

マデリーンに手招かれ、東屋へ向かう。自分の名を名乗りながら、エルは記憶を辿った。

（マデリーン王妃は、第一王妃のお名前だったわね）

つまり、クロードの母君ではない。彼の母君は第二王妃だからだ。

「いつも一人でお茶をしているのよ。でも今日はお客様が来てくれて嬉しいわ」

東屋のテーブルに着き、いそいそとお茶を用意しようとする手を、エルは止める。

「あ、よろしければ私に淹れさせてください。実家では、家族によくそうしていたので」

「まあ、そうなの。ではお願いしようかしら」

テーブルにはたくさんのユリが飾《かざ》られており、良い香りに自然とエルの顔も綻《ほころ》ぶ。丁寧に茶器を扱《あつか》うエルを、マデリーンが興味深そうに眺める。

「綺麗な手をしているわね。男性にしておくにはもったいないくらい」

ドキリとして紅茶を溢《こぼ》しそうになったが、なんとか持ち堪《こた》える。

「せ、成長期がまだ来ないみたいで、なかなか男性らしい身体つきにならないんですよね」

「成長期……、なるほど。そういうのは、人それぞれだと言うものね。でも、あなたにはこのままでいてほしいわ。女の子みたいで可愛らしいもの」

「おっ、男としてはやっぱりそれは困る気もしますね！」

透き通った翡翠色の瞳に、真実を見透《みす》かされているような気になり、声が上擦る。

「そうよね。当人からしたら、気にしてしまう問題よね」

マデリーンはそれ以上深く追及せず、カップを口に運んだ。エルはホッと息を吐き、改めて庭園に目を向ける。

「それにしても、本当に素晴らしい庭園ですね。ここは王妃様専用の庭なのですか？」

「ええ。国王陛下が設《しつら》えてくださったの。気持ちが落ち着くから、いつもここで過ごしているのよ」

「国王陛下ともこちらでお茶をご一緒されるのですか？」

「いいえ、誰も招いたことがないの。だからあなたは、初めてのお客様」

「えっ、初めての……！　私、本当にお邪魔して良かったのでしょうか……」

それほど特別な私的な空間に、騎士が居座《いすわ》っているなんて。見つかったら大変なことになるのではないだろうか。今更ながらビクビクしていると、マデリーンがふふ、と笑った。

「心配いらないわ。わたくしが黙っていれば、誰にも知られずに済むから。それに、他の人間だったらお断りするけれど、あなたは特別。こんなに可愛らしいお客様を追い払う気にはならないもの」

男らしく見えない外見が役に立ったらしい。エルは安堵し、緊張を解いた。

「ありがとうございます。実は、回廊を歩いていたら花の良い香りがしてきて、気になっていたんです」

「そうだったの。あなたも花が好きなの？」

「はい。なのでここは本当に素敵《すてき》な場所だと思います。いろんな種類の花があって……。あ、そういえば、変わった花もありますね。あの薄《うす》い水色の花なんて、初めて見ます」

「それは、祖国ソリヴィエにしか咲《さ》かない花よ。特別に苗《なえ》を取り寄せてもらったの」

（ソリヴィエ王国……ここからはだいぶ遠い北方《ほっぽう》の国ね。マデリーン王妃様はソリヴィエの王女で、若くしてオリベールに嫁《とつ》いだという話だったわ）

「綺麗でしょう？　ソリヴィエはこの国に比べたら小国だけれど、自然が多くてのどかな良い国なのよ」

「王妃様は、ソリヴィエが大好きなのですね」

「ええ、生まれた国ですもの」

エルもリトリアのことを思い、共感して頷く。対するマデリーンは、祖国のことを想って感傷的になったのか、瞳が揺《ゆ》らいだ。

そっと庭園を見渡すと、風に揺れる花々以外は何もない。たくさんの色に満ち溢れているのに、なぜか肌寒《はだざむ》い気持ちになる空間だった。他に人の気配がないからだろうか。

それに地上から眺めると、四方の高い生垣のせいで閉じ込められているような感覚になる。こんな所に一人でいるのは——寂しいだろう。

「そういえば新入りさん。あなた、クロード王子の側付きの騎士なんですってね」

今しがた見せた翳《かげ》りはなかったように、マデリーンが微笑みながら問うてくる。

「はい。……と言っても、雑用しかやらせてもらえていないのですが」

先程のクロードの態度を思い出し、また少し落ち込んだ気持ちになる。

「まだここに来て日が浅いですから、そう簡単に信用してはもらえないですよね」

「初めのうちはそんなものよ。少しずつ歩み寄っていけばいいのではないかしら」

「……でも、さっきも余計なことを言って、言い合いになって怒らせてしまったばかりで。歩み寄るには時間がかかりそうです」

「言い合った？　王子と喧嘩《けんか》でもなさったの？」

「喧嘩というか……、そうですね、私もついムキになってしまって」

するとマデリーンは、優雅《ゆうが》に口元を押さえながら笑《え》みを零《こぼ》した。

「それならあなた、見込みがあると思うわ。わたくしもクロード王子とそんなに言葉を交《か》わしたことはないけれど、彼は誰かと会話を成立させることを基本的になさらない方だと有名だもの。喧嘩にまで発展させるなんて、なかなか出来ることではないわ」

「そ、そういうものですか？」

「ええ。それに彼は、あまり人を側に置きたがらない方でしょう？　その彼が、側に付くことを許しているだけでもすごいのではないかしら」

「……すでに何度か、その役目をクビにするぞと言われているのですが……」

「本当にクビにしたかったら、あなたに告げずに黙って解雇《かいこ》するわよ」

なるほど。マデリーンの言うことは一理あった。ということは、エルは一応、猶予《ゆうよ》を与えられているということなのだろうか。だから『見込みがある』ということなのか。

諦めなければ、いつかは心を開いてもらえるだろうか。マデリーンのおかげで、エルは少しずつ元気が戻ってきた。

「ありがとうございます、王妃様。私、めげずに頑張ってみます」

「応援《おうえん》しているわ。……きっと彼にも、色々と思うところがあるのでしょうから」

「え？」

「国を背負う王太子ですもの、近付いてくる人間には警戒してしまうと思うのよ」

マデリーンは、また寂しげに目を伏《ふ》せた。

「立場上、周りの雑音が嫌になることはわたくしもあるわ。そうなると、誰とも関わらないで一人でいた方が気が楽だ、と思ってしまうようになるのよね」

こんな風に、と言ったマデリーンの表情は、今にも消えてしまいそうに儚げだった。その時、エルはようやく気が付いた。この庭園の違和感と、マデリーンから感じる寂寥《せきりよう》感に。

（……もしかしてここは、王妃様が自らの意思で閉じこもっている場所なのかしら）

漠然とだがそう感じた。マデリーンは子を産んでいないと聞いている。第一王妃でありながら子をもたないという事実は、当人にとって憂苦《ゆうく》する問題だろう。〝雑音〟と評した周囲の人間の心ない声が、彼女を苦しめここに追いやってしまったのではないだろうか――そんな風に思ってしまう。

（まるでここは、美しくも寂しい鳥籠《とりかご》ね）

物寂しく遠くを見つめるマデリーンに、エルの胸は苦しくなる。

リトリア王国の先代王妃はエルの母一人だけ。その母は自分を含《ふく》めた十一人の子宝に恵《めぐ》まれ、快活で逞《たくま》しい人だ。だからマデリーンの気持ちは推《お》し量《はか》ることが出来ない。

「クロード王子が羨《うらや》ましいわね。あなたのように、踏み込もうとしてくれる人がいて」

彼女にはいないのだ。そんな風に接してくれる人間が。

「あのっ……、良ければ、王妃様のことも私に教えてください！」

思わず口から飛び出てしまった言葉だった。けれど、マデリーンは目をぱちくりさせた後、柔《やわ》らかく微笑んでくれた。

「……ありがとう、新入り騎士さん。一生懸命《いつしようけんめい》で優しいあなたと、クロード王子の間に信頼《しんらい》の絆《きずな》が生まれることを、心から願っているわ」

マデリーンの庭園を辞したエルは、回収した書類を目的の相手へ届けてから、騎士団の詰所《つめしょ》で雑務処理にあたった。なのでクロードには会えないまま、夜を迎《むか》えることになった。

（あんな風に気まずく別れたままなのはモヤモヤが残るけれど、これも大事なことよね）

マデリーンに背中を押してもらい、やる気が戻ってきたエルは、図書室に来ていた。今ページをめくっているのは、オリベール王国史の分厚い一冊だ。

（何も知らない他国の人間にとやかく言われたら、殿下も怒って当然よね。ならせめて、オリベールのことを少しずつでも知っていかないと）

ただの気休めかもしれないが、何も知らないよりはマシだろう。そう思って、一から学んでいこうと思っていたところだった。

（それにしても、調べてみると殿下が仰っていた通りだったわ。国民の税金は、過去に何度も上げられているのね。他国に比べ、平均的に裕福《ゆうふく》な国といっても、これでは殿下が怒る気持ちもわかるわ）

クロードが腹を立てていた理由は納得出来た。だから後は、言い方の問題だ。

しかしそれを伝えるには、今のエルではまた言い合いになってしまう。もっと自分が彼に認めてもらえるようになれば、少しは話を聞いてくれるようになるだろうか。

そう考えつつも、もうだいぶ夜も遅《おそ》くなってきたため、腕いっぱいに抱えた本と共に図書室を出る。すると、クロードが向かい側から歩いてくるのが視界に入った。

運良く会えた、と目を輝かせたエルと目が合ったクロードは、元からの仏頂面《ぶっちょうづら》をさらに不愉快そうに歪《ゆが》め、元来た道を戻ろうと背を向けてしまう。

そんな彼に、エルは素早く駆け寄る。

「殿下、こんばんは。少しよろしいですか？」

「よろしくない。俺は用事を思い出した」

「ではその用事に取りかかるまででいいので、私の話を聞いてください」

クロードは何か言いかけたが、開きかけた口を閉じて足を早めた。

「昼間は偉《えら》そうなことを口にしてしまい、たいへん失礼しました」

クロードはエルの方を見ようともせず、無言で歩き続ける。

「それで反省をしまして、殿下に私のことをちゃんと認めてもらうため、気持ち新たに頑張りたいと思いました。なので、これからもお側にいさせてください」

「あれだけ言われても逃げ出さないのか」

「逃げませんよ。私はここにいたいのですから」

そこでようやく、クロードはちらりとエルの手元に視線を寄越《よこ》した。

「……何だ、それは」

「オリベールについての本を、いくつかお借りしました。改めて振り返ってみると、私はこの国のことをまだまだ全然知らないなと思ったので、勉強しようと」

「………フン」

少し、物思うような間があった。いつもほどの刺々《とげとげ》しさを感じなかったのは気のせいだろうか。

「もちろん、殿下のことも教えていただければ嬉しいです。気が向いたら少しずつでもいいので、話してくださいね」

「誰がするか、そんな話」

やはりまだ壁《かべ》は厚いようだった。

マデリーンの言葉を思い出す。〝立場上、近付いてくる人間を警戒してしまう〟と。

（リトリアの城にいた時、私はそんな風に思ったことはなかった。でもそれは、信頼出来るお兄様たちに守られていたからなのよね）

人を疑う必要のない世界で過ごしてきた。つくづく、自分は大切にされてきたのだと感じる。クロードにも、少しでもいいから同じような気持ちを味わってもらえないだろうか。

自分はその一助となれないだろうか。

そんな中、また沈黙《ちんもく》が広がってしまい、エルは何か話題がないかと頭を巡らす。

「あ、あの、殿下のお母様はどのようなお方なのですか？」

「なぜ急に母が出てくる。お前には関係ないだろう」

「それはそうですが、第二王妃様はどんな方なのか気になったものですから」

「第一王妃のことだって知らないだろう」

「いえ、マデリーン王妃様とは先程……」

と言いかけ、ハッと気付く。

（いけない、王妃様にお会いしたことは、内緒《ないしょ》にしていた方が良かったのかしら）

成り行きとはいえ、庭園に入り込んでしまったのだ。黙っていた方がいいだろう。

だが案の定《じょう》、クロードはエルが言いかけたことに反応して、眉《まゆ》を顰《ひそ》めた。

「……先程？　どういうことだ？」

エルは仕方なく、予期せぬ事態でマデリーンとお茶をすることになった経緯《けいい》を話した。

「……お前、王妃の庭園に侵入《しんにゅう》したのか」

「侵入だなんて、そんな敵地に乗り込むみたいな。ですから、事故みたいなものなんです」

「他国の貴族とはいえ、一介《いっかい》の騎士がやすやすと入り込んでいい場所ではないんだぞ」

「はい。ですからすぐにお暇《いとま》しようと思ったんです。でも、王妃様がお茶に誘ってくださって。お一人で寂しそうにしてらしたので、ついそのまま居座ってしまいました」

寂しそう、とクロードは小さく繰り返した。少し間を置き、不満げな顔になる。

「だからと言って、勝手な行動はするな。……ったく、俺でさえ年に一度しか顔を合わすことがない相手だっていうのに……」

「えっ、そんなにお会いする機会がないのですか？」

「あの人は公《おおやけ》の場に出たがらないから、会うことがない。国政にも関わってこないしな。ずっとあの庭園に引きこもってるって話だ」

「そうなのですか……」

「とはいえ、マデリーン王妃はこの国で二番目の権力者だ。お前が粗相《そそう》をして俺の責任になるなんて、ごめん被《こうむ》る」

「……どうしましょう。また遊びに行くと約束してしまったのですが」

「……どうして短時間でそんなに親しくなれるんだよ……」

クロードが盛大《せいだい》に溜め息を吐く。どうして、と言われても。

「ったく、放っておくとどこまでも人脈を広げてくるわけのわからんやつだな」

クロードが髪をくしゃりとかき回した時だった。風の音に交じり、女性の悲鳴が聞こえてきた。

（な、何⁉）

二人で声のした方に駆け出す。中庭を突っ切ったところで、クロードが足を止めた。

「……クレア！」

クロードがいつになく焦《あせ》った表情で見上げる先には、三階のバルコニーにある手摺《てす》りの外側、その根元の部分になぜかぶら下がっている少女がいた。

（クレア……って、殿下の妹君⁉）

十一歳の妹姫がいるとは聞いていたが、なぜあんな場所にいるのだろう。疑問に思いながらも、バルコニーの真下に向かって走っていくクロードを、エルも追いかける。

近付くにつれ、状況が見えてきた。クレアが摑《つか》まる手摺りを上から覗き込むようにして、青褪《あおざ》めながら声をかけている女性がいる。どうやら女官のようだ。ということは、そこがクレアの自室ということだろうか。

（もしかして、バルコニーの手摺りから滑《すべ》り落ちてしまったの？）

どうして手摺りの外側に落ちることになったのかわからないが、必死に石造りの手摺りに摑まる彼女の様子からして、恐らくそうだろう。女官の震える声が聞こえた。

「姫様、人を呼びに行っていますから、どうかご辛抱《しんぼう》を――……！」

地に足がつかない不安定な状態で、腕がプルプル震えているのが地上から見てもわかる。ヒュウ、と風が吹くたび、クレアは目をギュッと瞑《つぶ》って耐《た》えていた。

（大変だわ、早く助けないと……！　あの手からいつ力が抜けてしまうかわからない）

クロードも同じことを考えたのだろう。表情には動揺が顕著《けんちょ》に表れていた。

「クレア、大丈夫だ、落ち着け。今助けに行くから――……」

しかし、クレアは手を伸ばせば届く距離にいるのではない。現実的には梯子《はしご》を持ってくるべきか――そう考えていると、城壁《じょうへき》に沿うように植えられた大木が目に入った。豊かな葉を蓄《たくわ》えた立派な枝は、クレアがいる手摺りの端にまで伸びている。

それを見たエルは、迷わず大木に登り始めた。

「おい！　何をしている⁉」

エルの行動に気付いたクロードが声を上げるが、エルは構わず木をよじ登る。

「助けを待つより、私が行く方が早いです。任せてください」

「何言って――……、無茶だ！　降りてこい！」

「この通り小柄なので、大丈夫ですよ」

大の男が登れば危険だが、エルの体重ならギリギリ持ち堪えてくれそうだ。モタモタしていたら逆に危ない、とするする登っていく。あっという間に手摺りのすぐ側まで辿り着いたエルは、しなる枝の上を慎重《しんちょう》に移動し、クレアが掴まる手摺りに飛び移った。

（――よし！）

手摺りを伝い、クレアに近付いていく。彼女は蒼白《そうはく》な顔で、瞳にいっぱい涙《なみだ》を溜《た》めていた。そんな彼女の頭上の枝に、レースがたっぷり付いたリボンが巻きついていることに気付く。

エルの視線に気付いたクレアが、弱々しい声を発した。

「そ、それ……」

（もしかして、これを取ろうとしてバルコニーから身を乗り出してしまった……？）

エルはクレアを安心させるように頷き、リボンをそおっと枝から解く。それをポケットに収め、クレアの腕を支えるように掴んだ。

「姫様、もう大丈夫ですよ。私が手を貸しますから、お部屋に戻りましょう」

緊張しすぎて冷え切った腕を引っ張る。手摺りから覗き込む女官の向こうから、ちょうど警備の兵士たちがやって来るのが見えた。

「今から姫様を引っ張り上げるので、そちら側から受け止めてください」

兵士たちが頷き、手を伸ばす。エルは精一杯の力を込めて、左手で手摺りを掴み、右手でクレアを引っ張り上げる。一人で持ち上げるには腕力《わんりょく》が足りなすぎたが、兵士たちが力強く引っ張ってくれたおかげで、なんとかクレアを手摺りの内側に押し出すことが出来た。安堵の声が広がると共に、エルも詰めていた息を吐き出す。

（良かった……！）

今度は自分の腕がプルプル震えているが、落ちる前に助けられて良かった。どっと押し寄せる疲労《ひろう》感と共に、安心感に包まれる。

そうして油断したのがいけなかった。

突然強い風が吹き付け、その弾《はず》みでうっかり足を滑らしてしまったのだ。

（きゃぁっ!?）

手摺りも離してしまい、そのまま地上に向かって落ちていく。三階に近い高さであることに気付いたが、もう遅い。迫りくる落下の衝撃《しょうげき》に目を瞑るしかない――そう思ったエルだが、意外にも身体への衝撃はなかった。

「…………………え？」

恐《おそ》る恐る目を開けると、間近に瑠璃《るり》色の瞳があり、エルを覗き込んでいた。

「……ひゃあ!?」

飛び退《の》こうと思ったが、無理だった。――クロードに抱《だ》きかかえられていたからである。

（えっ、な、何……、ええ!?）

どうやら、落下したエルをクロードが抱き留めてくれたらしいが、さすがに兄弟からもされたことのない体勢に、声が上擦ってしまう。

「す、すみません殿下！　お、降りますから、離してくださいっ」

しかし、クロードは黙ってエルを見つめたまま、離そうとしなかった。

「あ、あの……、殿下……？」

「……ああ、悪い」

ようやく解放され、地面に足を付けたエルは、やっとのこと深く息を吐き出した。クロードはまだエルをじっと見ている。

「あの、助かりました。ありがとうございます……」

「礼を言うのは俺の方だ。助かった」

「い、いえそんな……」

しかしエルは、見上げたクロードの顔を見て、言葉を失ってしまった。

抱きかかえられた上に初めて礼を言われたことよりも、衝撃的な光景を目にしたからだ。

(お、穏《おだ》やかに微笑んでらっしゃる……!?)

妹が無事だったことへの安堵がそれほど大きかったのか、クロードはいつもは冷たい印象を与える眉尻《まゆじり》を下げ、心底ホッとしたような表情をしていたのだ。

それは、エルが初めて目にするクロードの姿だった。

「確かにあの木を登るのはお前でなければ駄目だったろう。お前がいてくれて助かった」

「そ、そんな、滅相《めっそう》もない……」

柔らかい表情のままそんなことを言われ、エルの胸がドクンと大きく鳴った。

(え?　こ、これは何?)

ドクンドクン、と鼓動《こどう》が忙《せわ》しなく鳴り響《ひび》いている。喧しいほどに胸の内側を叩いている。

「お前についての見解を、今後は改めることにする。――ありがとう」

向けられた瞳に宿るのは、いつもとは違う温かな光だった。

「……こ、こちらこそ、ありがとう……ございます……」

嬉しいことを言われているはずなのに、声が掠《かす》れてしまう。今までになく優しい瑠璃色の瞳から、目を離せない。まるで自分のものではないように、身体が動かなくなっていた。

(こんな顔もなさるなんて……ずるいわ)

月夜に照らされたクロードの優しい表情は、エルの胸に強く強く焼き付いたのだった。

第三章 ✦ 触れてはいけない女神の秘密

「ねえエル、好きな食べ物はなあに？　それと好きな色、好きな本は？」

目の前の少女から矢継《やつ》ぎ早《ばや》に質問を繰《く》り出され、エルは微笑《ほほえ》ましくなって頬《ほお》が緩《ゆる》む。

「甘《あま》いものは好んでよく食べますね。好きな色は、青空を見上げるのが好きなので青系でしょうか。本はこれと決めたものより、いろんな分野のものを読むことが好きです」

一つずつ答えるエルをうっとりと見つめる少女は、先日エルが助けたクロードの妹姫《ひめ》、クレアだ。あの一件以降、クレアはエルを〝理想の王子様〟だと言い、すっかり気に入られてしまった。そんなわけで、連日のように昼食を誘《さそ》われて同席しているのだった。

淑《しと》やかな動作で紅茶のお代わりを注ぐエルを見て、クレアがほうっと息を吐《は》いた。

「ああ……、世の男性がみんな、エルみたいに素敵《すてき》な紳士《しんし》だったらいいのに……」

「クレア、また来てたのか」

やって来たのはクロードだ。仲良さげに二人で囲む食事を見て、呆《あき》れたように言う。

「もちろんよ！　エルのことを色々聞いていたの。ね、お兄様もご一緒《いっしょ》しましょう」

クロードは一瞬《いっしゅん》断りたそうな顔をしたが、クレアとエルの顔を順にちらりと見てから、仕方なくといった様子で席に着いた。どうやら妹には弱いらしい。

（それに、あの夜から私に対する態度がだいぶ軟化《なんか》したように感じるわ）

反応がなかったり、有無《うむ》を言わさず突《つ》っぱねる態度は取られなくなったのだ。これは大きな進歩だろう。そのことが思いのほか嬉《うれ》しくて、エルはこっそりにやけてしまう。

「……おい、何を笑っている」

「な、何でもありません」

顔を引き締《し》めると、クレアが「キリッとした表情も素敵！」と声を上げた。

「お兄様ったら本当に羨《うらや》ましいわ。こんなに素敵な騎士《きし》様が側《そば》に仕《つか》えてるなんて」

「……素敵？」

眉間《みけん》に皺《しわ》を寄せたクロードに、クレアは「そうよ！」と身を乗り出す。

「輝《かがや》く金髪《きんぱつ》に青い瞳《ひとみ》、小柄《こがら》で色白の透《す》き通るような肌《はだ》、むさ苦しい騎士団に舞《ま》い降りた、天使のごとき美しい殿方《とのがた》！　さらにその外見を裏切らない紳士な性格！　私を助けてくれた時の話も広まってるみたいだし、エルは城内ですっかり人気者なのよ。ファンクラブまであるんだから！」

（ええっ⁉）

それは初耳だった。しかも、かなり大袈裟《おおげさ》な噂《うわさ》も流れているようだ。ひっそり逃亡《とうぼう》生活をするはずが、そんな風に目立ってしまうのはまずいのではないだろうか。

ハラハラし始めて口を噤《つぐ》んでしまったエルの顔を、クレアが覗《のぞ》き込《こ》む。

「エル、大丈夫《だいじょうぶ》？　顔色が悪いわ。少し横になったら？」

「い、いえ、平気ですよ」

慌《あわ》てて取り繕《つくろ》い、心配そうな様子のクレアの手を取る。

「ご心配してくださってありがとうございます。クレア姫は優《やさ》しいレディですね」

ニコリと微笑むと、クレアは「はわわわ……」と言い、頬《ほお》を染めて黙《だま》り込んでしまった。

それを見たクロードが苦々しげに呟《つぶや》く。

「……なるほど、それがお前のよくわからん人脈を作るための技《わざ》か」

「技？　何のことですか？」

「……無自覚ほど恐《おそ》ろしいものはないな」

よく聞こえなかったので聞き返そうとしたが、ある物が目に入ってエルはそちらに注意を向けた。

「あれ、姫様。そのリボン、先日の物ですね？」

ふわふわの亜麻《あま》色の髪《かみ》を飾《かざ》る、縁《ふち》に繊細《せんさい》なレースがあるピンク色のリボンを指すと、クレアは元気よく頷《うなず》いた。

「ええ！　これね、私の宝物なの！　だって、お兄様が贈《おく》ってくださったんだもの」

クレアが嬉しそうに言うと、クロードが軽く噎《む》せた。エルは目を丸くする。

「殿下《でんか》が？」

「今年の誕生日に買ってくれたの。だからとっても大切な物なのよ」

あの日クレアがバルコニーから落ちかけた原因は、エルの推測通り、風に飛ばされたリボンを追いかけ、手を滑《すべ》らせてしまったからだった。必死にリボンを取り戻《もど》そうとしたクレアのことを想像すると、その健気《けなげ》さに胸を打たれる。

「そうだったのですね。良かったです、姫様もリボンも、どちらも無事で」

「それもこれも、エルのおかげよ」

二人して微笑み合っていると、クレアが急に、悪戯《いたずら》っ子のように目を輝かせた。

「それにしても、お兄様が仕立て屋にリボンを頼《たの》む姿なんて、想像出来ないでしょう？」

レースだらけのピンクのリボンを注文するクロード。確かに想像が出来ない。

「……クレア、その話はやめてくれ」

「もう、照れちゃって！　お兄様がとっても優しい人なんだって、私は知ってるんだから」

無邪気《むじゃき》なクレアから、クロードが居《い》た堪《たま》れなくなったように顔を背《そむ》ける。ほんの少し耳が赤い。

（妹君の前では、そんな無防備な顔もなさるのですね）

なんとも微笑ましく、珍《めずら》しい表情に新鮮《しんせん》な気持ちになっていると、エルの胸《むね》の奥《おく》でまた何かが疼《うず》いた。きゅん、と小さな音がしたような気がする。

（……まただわ、この感覚。一体何なのかしら？）

心なしか顔が熱くなってきた気もする。なぜだろう。

急に黙り込んだエルを不審《ふしん》に思ったのか、こちらを見たクロードと目が合う。

その瞬間《しゅんかん》、咄嗟《とっさ》に目を逸《そ》らしてしまった。クロードが眉《まゆ》を顰《ひそ》めたのを打ち消すように、エルは「そういえば！」と違《ちが》う話題を無理矢理引っ張り出した。

「そ、そろそろ詰所《つめしょ》に行かないと。団長が午後に報《しら》せがある、と言っていましたので」

エルが立ち上がると、クロードも席を立った。

「ああ、そうだったな。そろそろ時間だし、行くか」

「ええっ、もう行ってしまうの？　エル、明日も一緒に昼食をとってくれる？」

「もちろんです。それでは姫様、失礼しますね。良《よ》い午後を」

去り際に手の甲《こう》に口付けをすると、クレアがきゃあっと黄色い歓声《かんせい》を上げた。何か言いたげに開いた口を諦《あきら》めるように閉じたクロードと共に、エルはその場を離《はな》れた。

詰所に向かう道中、互《たが》いに無言であったが、今のエルにとっては都合が良かった。

（……ふぅ、少し落ち着いてきたみたい）

先程《さきほど》の謎《なぞ》の動悸《どうき》がやっと治まり、安堵《あんど》する。すると、クロードがふいに立ち止まった。

「……なるほど、クレアが言っていたのはこういうことか」

何を指しているのかエルも察した。進む先々で、エルたちを遠巻きに眺《なが》める人の影《かげ》がちらほらと見え隠《かく》れしているのだ。使用人から城の警備兵、通りすがる貴族や役人まで。老《ろう》若男女《にゃくなんにょ》の視線が、エルに向けられている。

（ほ、本当だわ。ものすごく注目されている……）

この目立ち方は、やはり危険な気がした。背中に冷《ひ》や汗《あせ》が流れ出すのを感じていると、人々がハッとしたように顔を引き攣《つ》らせ、蜘蛛《くも》の子を散らすように立ち去って行った。

突然《とつぜん》の変化に驚《おどろ》いたエルだが、クロードの顔を見てすぐに納得《なっとく》した。眉間にはとびきり深い皺が刻まれており、いつもの鋭《するど》い眼光で周囲に睨《にら》みを利《き》かせたようである。

「……笑うところではないぞ」

「す、すみません。ものすごい効果があったようなので」

思わず吹《ふ》き出してしまったのを見咎《みとが》められるが、同じように睨まれているようでも怖《こわ》くなかった。以前の彼《かれ》から向けられる睨みとは、もう違うとわかっているから。

（皆《みな》さんには申し訳ないことをしたけれど、ひとまず助かったわ）

しかし、これが続くと困ったことになるかもしれない。対策を考える必要がありそうだ。

だが、自分のオーバーな紳士的振《ふ》る舞いがこの事態を引き起こしていることに気付いていないエルには、何をどう対処したらいいのか全く思い付かなかった。

ようやく辿《たど》り着いた詰所には、すでに騎士たちが揃《そろ》っていた。

「おーし、全員揃ったな。さて、今年も祭の時期がやってきた。というわけで、恒例《こうれい》の護衛任務のお報せだ」

コーディーからの発表に、エルは手を挙げて質問をする。

「祭……とは、建国式典のことですか？」

「いや、ここで言う祭ってのは、建国式典の一環《いっかん》として先立って城下で開かれる、市民による祭のことだ。ここではメインイベントとして大規模なパレードが催《もよお》されて、俺《おれ》たちは毎年それの護衛任務を請《う》け負《お》ってるんだよ」

「花の女神に扮《ふん》した女性たちが、国花のガーベラを民衆に配り歩くパレードですね？」

「その通りだが、よく知ってたな」

「はい。オリベールの主だった祭事のことは勉強したので」

「なるほど、いい心構えだ」

ニカっと笑ったコーディーに、先輩《せんぱい》騎士たちも同調するように頷く。クロードもそんなエルをじっと見ていた。何かと敵視してくるマリクだけは、不満そうにしていたが。

(城外の任務は初めてね。まだちゃんと歩いたこともないし、どんな雰囲気《ふんいき》なのかしら)

ちょっとばかり楽しみな気持ちも湧《わ》いてくるが、これは任務なのだ。騎士の自分は、お祭気分でいてはいけない。

(市民の皆さんの前では初の任務だもの。騎士としてしっかり努めないとね)

当日の動きを皆で確認《かくにん》し、気合いを入れていると、コーディーがこっそりエルを呼んだ。

「コーディー？　どうかした？」

人目を避《さ》けるように手招く従兄弟《いとこ》に、エルは首を傾《かし》げながら近寄った。


(やったわ、これで一歩前進ね！)

ヒュン、と木剣《もっけん》が空を切る音が響《ひび》く。エルは誰《だれ》もいない夜の演習場で、一人素振《すぶ》りを繰り返しているところだった。昼間、コーディーから聞いた話を思い出しながら。

(ようやくアルバートお兄様が結婚《けっこん》に前向きになってくださった……！)

嬉しさのあまり、剣を振る腕《うで》に力がこもる。顔も思わずにやけてしまう。

コーディーの話は、エルの母から手紙が届いたというものだった。そこには、渋々《しぶしぶ》ではあるがアルバートが縁談《えんだん》相手と会う約束を取り付けることに、ついに成功したらしいと記されていた。暇《ひま》を見つけてはエルを探し出すことに全力を注いでいる、とも書いてあったが、縁談に進捗《しんちょく》があったことがとにかく嬉しい。エルがここにいる成果が出たのだから。

『本来は切れ者で優秀《ゆうしゅう》な方なんだから、妹を溺愛《できあい》しすぎたがために信用を失うなんて、もったいなさすぎるんだよな』

コーディーの言葉が蘇《よみがえ》る。そうなのだ。身内の贔屓目《ひいきめ》ではなく、アルバート以外の他の兄弟たちも、エルのことでは暴走しがちだが、王族としてはたいへん優《すぐ》れた立派な人たちなのだ。だからこそ、エルは彼らの信用を守りたい。

（私がここにいることは間違っていなかったんだわ。なら、この生活を徹底《てってい》して守り続けないと。少なくとも、無事にお兄様が結婚してくださるまでは）

改めてやる気に満ち溢《あふ》れ、その想《おも》いを込めて最後にもう一度力強く剣を振った。

一息吐《ひといきつ》き、休憩《きゅうけい》しようと座《すわ》り込むと、演習場の土を踏《ふ》む足音が聞こえた。

振り向くと、そこにはマリクがいた。彼はエルと目が合うと、不愉快《ふゆかい》そうに舌打ちした。

「マリクさん、こんばんは。こんな時間にどうなさったのですか？」

「……忘れ物を取りに来ただけだ」

そうですか、と返すが、その後の会話が続かなかった。何か話題を、と考えあぐねていると、意外にもマリクの方から話しかけてきた。

「……何やってんだよ、こんな時間まで」

胡散臭《うさんくさ》そうな目付きで言うマリクは、エルと会話を楽しもうとしているのではなく、夜遅くまで一人で残っているエルを不審に思っただけのようだ。

「自主練みたいなものでしょうか。私は皆さんに比べて未熟すぎるので、少しでも特訓をした方がいいかなと。素振りだけでも、体力を付けることに繋《つな》がりますし」

自分が騎士というには頼《たよ》りない身体《からだ》つきであることは、十分理解している。だからエルは、毎日一人で残り、遅い時間まで自主練をすることを日課にしているのだった。

「ハッ、お前みたいなひょろひょろしたやつ、ちょっと訓練したくらいじゃ鍛《きた》えらんねーよ」

鼻で笑うマリクに、エルは真剣《しんけん》な表情で尋《たず》ねる。

「そうですね……。なかなか筋肉がつかないんです。どうしたらいいのでしょう？」

「あぁ？ 俺に聞くなよ」

「マリクさんはご自身を鍛え上げることに非常に熱心で、努力家だと先輩方《せんぱいがた》から聞いています。コツなどありましたら、教えていただけないでしょうか」

「誰がお前なんかに教えるか。つーか、どう見たって騎士に向いてない体格してるんだから、さっさと出て行って祖国のお屋敷《やしき》にでも帰れよ」

「それは出来ません。私はここにいたいので、出来る限りの努力をしたいのです」

エルがキッパリと言うと、マリクは眉を吊《つ》り上げた。

「あのなぁ、貴族の坊《ぼっ》ちゃんに道楽気分でいられるのは迷惑《めいわく》なんだよ！」

「道楽だなんて、そんな気持ちではおりません。私は真面目に……」

「うるせぇな！ 軽い気持ちで入ってきて、女にキャーキャー言われてヘラヘラしてるお前を見てると、イライラすんだよ。団長に目をかけてもらってるからって調子に乗るなよ、どうせコネで入ったんだろ！」

そう言い捨て、マリクは足音も荒《あら》く演習場を出て行ってしまった。

（軽い気持ちでは……ないのに）

けれど、コネで入ったということは、堂々と否定出来なかった。事情があるとはいえ、コーディーの協力によってエルはここにいられるのだから。

（……やっぱり、私の努力が足らないのよね。もっと自立した騎士として認めてもらえるようになれれば、マリクさんの心証も変わるかもしれないもの）

ウジウジなどしていられない。エルは木剣を握《にぎ》り直し、素振りを再開した。

（騎士として、皆さんに認めてもらえるようにならないと）

月が雲に隠《かく》れてしまっても、その日はいつもより遅い時間まで、演習場には剣を振る音が響いていた。


パレード当日は、気持ちのいい快晴に恵《めぐ》まれた。会場となる城下の町は、人でごった返している。あれからマリクと会話する機会がなかったことを気にしつつも、エルはいつもの団服の上にマントを羽織《はお》った騎士団の正装で、クロードと共に到着《とうちゃく》したところだった。

（すごい、賑《にぎ》わってるわね……！）

市場のような賑わいの、様々な出店が並ぶ通りに目移りしそうになるが、「任務、これは任務」と心の中で唱え、逸《はや》る心をどうにか抑《おさ》えている。四方から漂《ただよ》ってくる美味《おい》しそうな食べ物の匂《にお》いにもつられないよう、精一杯《せいいっぱい》ポーカーフェイスを貫《つらぬ》く。

（騎士らしくあろう、と思い直したばかりだもの。私は揺《ゆ》さぶられないわよ）

一方、クロードはそんなエルを訝《いぶか》しげに見ていた。

「……お前、何かあったのか」

「え？」

「なんでそんなに強張《こわば》った顔をしてるんだ」

よかれと思ってしていたポーカーフェイスが、逆効果だったようだ。

「そ、そんなことありませんよ。今日は大事な任務ですから、気を引き締めているのです」

彼はそれ以上追及《ついきゅう》しなかった。「ふうん」と興味なさそうに、出店に目を向けてしまう。

クロードも、今日は騎士団の正装を着用している。違いがあるとすれば、胸元《むなもと》で光る徽《き》章《しょう》くらいだ。騎士団の一員として行動する際は、この格好で任務にあたるのだそうだ。

「ところで殿下、何か用事があるのですか？　他の皆さんより先に出てくるなんて」

エルは一人で出かけようとしていたクロードを発見し、付いてきたのだ。クロードが黙《もく》認《にん》してくれたので、そのまま行動を共にしている。

「……いいだろう、別に。ちょっと様子を見ておこうと思っただけだ」

任務前に、自主的に見回りをしておくということだろうか。出店で買い物をする様子はないから、祭を楽しむつもりではないことは確かだ。

（さすがだわ、殿下は。どんな時もご自身の立場と責務を忘れていらっしゃらないものね）

それに比べて自分は——と思った時、一際《ひときわ》良い匂いがしてきて、つい視線が動いてしまった。匂いの元を辿ると、行列の先のミートパイの出店が視界に入った。

（わ……美味しそう）

ぐ、と唾《つば》を呑《の》み込む。視線を感じて振り向くと、クロードがじっとエルを見ていた。

「あ、その、何と言いますか、たくさん人が並んでるので人気なのかなぁと気になって！」

「……まあ、確かにあれは美味《うま》いからな」

気が緩んでると思われないか焦《あせ》ったエルだが、返ってきたのは予想外の言葉だった。

「……あれを食べたことがあるんですか？」

「え、あー……、まあ、昔……」

「そうなんですね、なんだか意外です。それで、お味はどうでしたか？」

言葉を濁《にご》すクロードに興味津々《きょうみしんしん》で尋ねていると、近くの店の人がクロードに気付いて
「殿下——！」と手を振った。

「お疲れさまです！　良かったらこれ、もらってやってくださーい！」

それは、ビックリするような光景だった。クロードに気付いた人々が、ずいぶんと気さくに声をかけてくるのだ。そして応《こた》えるクロードはというと——まさかの笑顔《えがお》だった。

(殿下が皆さんと楽しそうに話してらっしゃる……！)

道行く人から食べ物やら花やらを手渡《てわた》されるクロードは、いつになく穏《おだ》やかな表情をしている。城で普段《ふだん》、周囲に威嚇《いかく》のオーラを放っている人と同一人物とは思えないくらいだ。

「……親しげだわ……」

思わずポツリと呟くと、すぐ側にいた婦人が笑って頷いた。

「殿下は町に来る時、いつもあんな感じだよ。一見近寄りがたそうだけど、あたしら庶民《しょみん》のことをいつも気にかけてくださってる方だからね。このお祭だって、殿下がいなかったら中止になるところだったんだから」

「そうなんですか？」

「よくわからないけど、国のお偉《えら》いさんが中止案を出してたのを、殿下が反対してくださったとか。伝統ある大事な祭だし、年に一度の楽しみを奪《うば》われなくて良かったよ」

そういえば、官僚《かんりょう》と言い争っていたのも国民の税金に関わることだった。クロードは、民《たみ》のことを気にかけてとても大切に考えているのだと、改めてエルは感じる。

(殿下は、皆さんとこうして触れ合うために、一人で先に行こうとしていたのね。あんな風に大勢の人に囲まれているのに、仏頂面《ぶっちょうづら》じゃない殿下を見たのは初めてだわ)

新たな発見に嬉しくなっていると、ふとクロードがエルに振り返った。

「ほら」

押《お》し付けるように渡されたそれは、あの美味しそうな匂いの、熱々のミートパイだった。

「え、これ……」

「ちょうどもらった。食べたかったんだろ」

短くそう言って、話しかけてくる人の輪に戻って行ってしまう。

（……さっき、私が気にしていたから？）

ぶっきらぼうに渡されたが、彼の気遣《きづか》いは十分伝わってきて、笑《え》みが零《こぼ》れてしまう。包み紙を開くと、ホカホカの湯気と共により一層美味しそうな匂いが広がった。

「……いただきます」

そっと齧《かじ》ると、口の中に挽《ひ》き肉と玉ねぎの優しい味が広がり、ほうっと顔が綻《ほころ》ぶ。クロードが一瞬、こっちを見て笑ったような気がした。

ミートパイはあまりにも美味しくて、一気に食べ切ってしまった。クロードはまだ人の輪から戻ってきそうにないので、近くの出店でも見ていようかと、少し離れて歩き出す。

すると突然、ガバッと後ろから何者かに抱《だ》き着かれた。

「なっ⁉」

「よー、姉ちゃん、あっちで俺と飲もうぜ～」

猛烈《もうれつ》に酒臭《さけくさ》い。がっちり掴《つか》まれている身体でなんとか振り向くと、赤ら顔の酔《よ》っ払《ぱら》いがエルを引き摺《ず》っていこうとしていた。

「ちょっ……、やめてください、私は男です！」

それどころではないのだが、姉ちゃんと呼ばれたことが気になったので訂正《ていせい》しておく。

そんなエルの声にクロードが気付き、こちらへ来ようとしている様子が視界に入った。

「男ぉ？　こぉんな別嬪《べっぴん》さんで、あんた男なのかぁ？　まあいいや、美人だったら男でもなんでも。そら、行こうぜ～！」

「きゃっ！」

その時、男がエルを掴んだまま、近くにいた女性にふらついた勢いで体当たりした。ぶつかられた女性はそのまま倒《たお》れ込んでしまう。

「ちょっと、何をしてるんですか！　危ないでしょう！」

だが酔っ払っている男の耳には入っていなかった。エルは我慢《がまん》ならず、こうなったら致《いた》し方ない、と男の腕をガシッと掴み、右足を前に踏み出し重心を移動させた。

「もう……、言うこと聞いてくだ……さいっ!!」

腹に肘鉄《ひじてつ》をお見舞いし、男が怯《ひる》んだすきに——ぶん投げた。

男はエルの背中から弧《こ》を描《えが》くように宙を舞い、ドサッと地面に倒れ伏《ふ》した。

ふぅ、と息を吐いたと同時に、周囲から拍手《はくしゅ》が沸《わ》き起こる。

「うわぁ、すごいなあんた！　その小さい身体で男をぶん投げるなんて！」

「見たことない技だなあ、今のは一体何だい？」

（しまった、我を忘れて本気を出してしまったわ……！）

思いのほか注目を集めてしまって戸惑《とまど》っていると、クロードが駆《か》け寄《よ》って来た。

「おい、無事か」

「は、はいっ！　お見苦しいところをお見せしましたっ」

「……お前、見かけによらず豪快《ごうかい》な技を会得《えとく》しているな」

「遠い東国の武術で、背負い投げというそうです。昔、護身《ごしん》術の一つとして教わりました」

「セオイナゲ……？　初めて聞くな。いや、それよりも怪我《けが》は？」

「あっどうしましょう、気を失っていますね。やりすぎちゃったかな……」

「いや、そこののびてる酔っ払いじゃなくて、お前のことを聞いている」

その言葉に、エルは目を瞬《しばた》かせた。

「……私のことを心配してくれているのですか？」

「あのな、お前は俺を何だと思ってるんだ？」

不服そうなクロードに、慌てて「大丈夫です、無傷です」と答える。

けれど、思わぬ人物が怪我をしてしまっていた。酔っ払いに体当たりされた女性だ。倒れた弾《はず》みで、足を捻《ひね》ってしまったらしい。

「痛みますか？　すみません、どなたか氷を分けてくださいませんか？」

ハンカチを取り出して女性の足を固定しながら、エルは近くの出店に呼びかける。

「手際《てぎわ》がいいな。お前、意外と器用なんだな」

「殿下こそ、私を何だと思ってるんですか」

「……いや、別に」

軽口を叩《たた》き合いながら、〝もしもの時の救急措置《そち》〟を学んでいて良かった、とエルは思った。先程の背負い投げもだが、兄弟たちによって覚えさせられたありとあらゆる知識が、ありがたいことにここに来て色々と役に立っている。

「すみません、殿下の足を止めてしまって……」

手当てを受けた女性が、申し訳なさそうにクロードとエルに頭を下げる。

「気にしなくていい、不慮《ふりょ》の事故だ。医者を呼んであるから、あと少し辛抱《しんぼう》してくれ」

「いえ、私はもう行かなくては……。仕事がありますので……」

「仕事だなんて、安静にしていなきゃ駄目《だめ》ですよ。大丈夫、事情なら話しますから」

「そ、そんな、安静になんてしていられません！　パレードが……！」

「パレード？」

事情を聞くと、女性はパレードに参列する役目を担《にな》っていることがわかった。それもメインの役どころだ。

「なるほど。あんた、花の女神役のうちの一人だったのか」

クロードが渋《しぶ》い顔で言う。あれから女性を連れて、エルたちはパレードの主催者《しゅさい》の元を訪《おとず》れていた。主催者の男性が、頭を抱《かか》えて唸《うな》り出す。

「ああ、なんてこと。かつてオリベールの花の女神は五柱おられた、と歴史書には残されているのです。ですから女神役は五人必要で、一人も欠けてはならないのです」

「パレード開始まであと三十分なのですよね。開始時刻を遅らせて、その間に代役の方を探すというのはどうでしょう？」

エルは案を出してみるが、主催者は首を横に振った。

「伝統的な祭のメインイベントであるこのパレードは、市民たちもたいへん楽しみにしているのです。もうすでに人が集まってきているのに、遅らせるわけにはいきま――……」

言いながら、彼はエルの顔を見て動きを止めた。そのまま穴の開くほどじっと見つめる。

（え？　……な、なんだかすごく見られているわ。何かまずいことでも言ったかしら）

じりじり、と近付いてくる主催者に、エルはわけがわからず、とりあえず微笑んでおく。

それを見た主催者は、勢いよくエルの両手を摑んだ。

「見つけましたぞ、代役！　あなた様にお願いします!!」

「えっ!?」

驚いたのはエルだけではなかった。クロードも唖然《あぜん》として、エルと主催者を見ている。

「太陽に愛された眩《まばゆ》い金色の髪、透き通るような水色の瞳、美しく整ったお顔立ち、そして花が咲《さ》くような愛らしい笑顔！　なんて花の女神にふさわしい!!」

「い、いえ、あの、私は男ですし、今日は護衛の騎士としてここに……」

「そうと決まったらお召《め》し替《か》えを！　さぁ！」

「えぇえ、待ってください！」

鼻息も荒くエルを連れて行こうとする主催者を、クロードが止める。

「ご主人、待ってくれ。男が女神役をするのは問題があるのでは？」

困惑《こんわく》するエルの気持ちを汲《く》んでくれたのだろうか。おかげでエルを引っ張る手は一瞬動きを止めたが、続く言葉に結局逃《に》げ道を失った。

「女神役は本来、市民の中で特に美しい若者から選出されるのです。過去には美形の少年が選ばれたこともありました。よって、全く問題ございません！」

「……そうか」

（そんなぁ～っ）

「せっかく殿下が開催《かいさい》に尽力《じんりょく》してくださった祭です。我々としても、成功させたいのです」

主催者の言葉に、エルはピシッと動きを止めた。そうだ、このパレードを含めた祭は、クロードが大切にしていたイベントなのだ。

負傷した女性も、懇願《こんがん》するようにエルを見ている。これはもう、引き受けるしかないのではないか。

（うぅ……。目立つことはしたくないけど、仕方ないわ）

「――……わかりました。私でよければ……、お引き受けします」

「本当ですか！　ありがとうございます！」

主催者が泣かんばかりの勢いで、またエルの両手を掴み上げる。

「えっと、お花を配ればいいんですよね？」

そうです！　と元気よく頷く主催者が衣装《いしょう》を取りに去ってしまうと、クロードがエルに近寄って来た。

「おい、お前、やりたくないんだろ」

それを聞いて、やはり先程はエルを助けようとしてくれていたのだとわかる。そんなクロードに、エルは微笑んだ。

「殿下にとっても大切なパレードなのでしょう？　私にも協力させてください」

「…………」

クロードは気まずそうに黙り込んでしまった。それから、エルにもやっと聞こえるくらいのほんの小さな声で言った。

「……よろしく頼む」

「……はい！」

エルはニッコリ笑って、力強く答えた。


「いやー、おっどろいた。お前ってやつは、ほんっと侮《あなど》れないな」

「……ど、どうも……」

あれから合流した騎士団の面々の前に進み出たエルは、やっぱり安易に引き受けるべきではなかったかしら、と早々に後悔《こうかい》し始めていた。

「似合いすぎてて怖いな。お前本当は、女なんじゃねぇか？」

「ちっ、違いますよ！」

必死に否定するエルを、先輩騎士たちはまじまじと見つめてくる。

エルが渡された女神役の衣装は、淡《あわ》いピンクのロングドレスで、所々に花の飾りが付いた可愛《かわい》らしいものだった。ちょっと生地《きじ》が薄《うす》めのような気がするが、肌が透けるほどではない。だからそこは問題ではないのだが――、別のところに大きな問題があった。

（この衣装、露出《ろしゅつ》が多すぎる……！）

ドレスは、胸元が大きく開いたデザインだったのだ。

少し前、着替えの際に一人にしてもらったエルは真剣に悩《なや》んだ。サラシをどうすべきか。サラシがないと胸元を抑えきれず、女だとバレてしまうかもしれない。でも巻いたままだとサラシが見えてしまい、巻いている理由を追及されてしまうかもしれない。つまり、どっちにしろ男装している事実が露呈《ろてい》してしまう恐れがあるのだ。

悩んだ末に、エルはサラシを外した。代わりに、男だという前提で引き受けたために渡された、胸用の詰《つ》め物を胸元に押し込んだ。

（これを入れておけば、本物の胸もまとめて偽物《にせもの》だって誤魔化《ごまか》せると信じましょう）

そうして恐る恐る皆の前に出てきたのだが、エルの心配など杞憂《きゆう》に過ぎなかったことがすぐに判明した。

「パッと見は綺麗《きれい》な娘《むすめ》にしか見えないのに、やっぱ胸元が寂《さび》しいよな」

「谷間が皆無《かいむ》だもんなぁ。詰め物入れても、お前はやっぱ男だな」

（本物に加えて盛っているのに、この言われよう……！）

バレていなくて安心するべきだと思うところなのに、全く疑われもしないのはそれはそれで悲しかった。確かに元々、肉付きの悪い身体だと思ってはいたけれど。

そんなこんなで落ち込んでいると、クロードが前に立った。

「パレード自体は大通りを歩くだけだから、三十分もあれば終わる。お前はただ笑って花を配っていればいい」

気遣って声をかけてくれたのだろうか。男のくせにこんな格好させられて、という哀《あわ》れみからかもしれない。それでもエルは嬉しかった。

「……ありがとうございます。頑張《がんば》ります」

単純かもしれないが、それだけでエルは、この役目を頑張ろうと心から思えた。

開始時刻となり始まったパレードは、エルが想像していたより大規模なものだった。

大量の花で作られた、巨大《きょだい》なガーベラのオブジェが台座に載《の》って運ばれ、その周りを花の女神に扮した五人の娘が歩いていく。娘たちは、国花であるガーベラを民衆に配りながら進み、さらにその周りを騎士団が警護しながら歩く、といったものだ。

地毛となるべく似た色の長髪《ちょうはつ》のカツラを被《かぶ》り、その上に花冠《かかん》を載せ、ドレスの裾《すそ》を軽《かろ》やかに翻《ひるがえ》しながら歩くエルのことを、男だと思っている人は今のところいなそうだ。人々は皆笑顔で、女神役の娘たちから嬉しそうにガーベラを受け取っていく。

（すごい盛り上がりね。みんなとってもいい顔をしているわ）

場の雰囲気につられて自然と溢れるエルの笑顔に、花を手渡された青年が頬を染める。優しく微笑むエルに周囲が見惚《みと》れていることなど、当の本人は知る由《よし》もなかった。

「そんな格好してるとますます騎士になんか見えねーよ」

すぐ近くからボソッと聞こえた声に、エルは振り向く。

エルの一番近くを歩いているのは、何の因果《いんが》かマリクだった。彼は相変わらず苛立《いらだ》ちを隠そうとしないが、何を言われても嫌味《いやみ》によるダメージを受けないのがエルだった。

「そうですよね。でも、そのおかげで皆さんにも不審に思われていないようなので、今日は良しとすることにしました」

「ハッ、開き直りかよ」

「いえ、そういうことではなく、臨機応変《りんきおうへん》な考え方も大事かなと。でも、マリクさんが身体を鍛えるコツを教えてくれたらいいなぁと思う気持ちは変わりません」

「……だからっ！　俺はそんなのごめんだって――……」

マリクが声を荒らげたその時だった。近くから悲鳴が聞こえてきた。

「なんだっ!?」

マリクや周囲の騎士たちが、腰《こし》に提《さ》げた剣の柄《つか》を掴む。エルも辺りを見回す。

「あれは――……、鳥？」

エルの視界に映ったのは、パレードを取り巻く人垣《ひとがき》の向こうから、大きな鳥が暴れるようにバサバサと翼《つばさ》を動かし、籠《かご》を壊《こわ》して飛び立つ姿だった。

「祭祀《さいし》用の鷹《たか》だ！」

その声と共に、人々がわっと逃げ出す。鷹は人垣の頭上ギリギリを飛び、出店の天幕を破壊《はかい》していく。

（大変！　人の多さに興奮しているみたいだわ）

エルが踏み出そうとした時、近くの出店の柱が倒れてきた。その真下には、杖《つえ》をついた老女が呆然《ぼうぜん》と立っていた。

マリクが素早《すばや》く駆け寄り、柱を押さえ込もうとする。だが、巻《ま》き込んで倒れてきた天幕が邪魔《じゃま》なのか、もう一本倒れかかっている柱があるのに気付いていないようだった。

（あっちも倒れてくる……、危ない！）

慌てて飛び出してもう一本を支えると、マリクと目が合った。彼は一瞬驚いたような顔をしたが、すぐに表情を引き締め、エルに向かって力強く頷いた。

「ばあさん、俺たちが押さえとくから今のうちに逃げろ！　誰か、付き添《そ》ってやってくれ！」

その声に、近くにいた若者たちが老女に手を貸し、安全な方向へ誘導《ゆうどう》していく。

ひとまず安心したが、気を抜《ぬ》けない状態だった。思いのほかしっかりした柱で重さがあり、慎重《しんちょう》に手を離さないと二次災害が起きそうなのだ。

「おいお前、急に手離すなよ」

「わ、わかってま――……、わっ」

踏ん張ろうとしたが、布が思い切り顔にかぶさってきて、視界が塞《ふさ》がれてしまった。その弾みで手から力が抜けてしまう。

「おい！」

（しまっ……）

倒れてくる。そう思ったが、グイッと強く引っ張られ、なんとか柱の直撃《ちょくげき》を免《まぬが》れた。

安全な位置までマリクが引っ張ってくれたのだ。

「ったく、危ねーな！」

「あ、ありがとうございます……、マリクさん……」

「……まぁ、俺も助かったけどよ」

周囲からまた悲鳴が上がり、声がする方に目を凝《こ》らす。

（まだ暴れているわ、何とかしないと）

クロードや騎士たちが避難《ひなん》誘導している上で、鷹はまだ興奮気味に飛んでいる。このままだとさっきのようなことがまた起きてしまう。そう思ったエルは立ち上がり、親指と人差し指で輪を作って口に咥《くわ》えた。そのまま、「ピィ――ッ！」と指笛を吹《ふ》き鳴らす。

鷹はピクリとその音に反応し、クルっと向きを変える。

ピィーッ、ピュ、ピュ、ピュイ――ッ
指笛を吹き続けると、そのまま高く舞い上がり、優雅《ゆうが》に上空を旋回《せんかい》してからエルの元へ飛んできた。肩《かた》にかけていたストールをグルグルと巻いた左腕を差し出すと、ゆっくりとそこに着地する。

周囲から歓声が沸き起こる頃《ころ》には、鷹はおとなしくエルの腕の中に納まっていた。

「よしよし、ビックリさせちゃってごめんなさいね」

そっと撫《な》でてあげると、鷹は気持ち良さそうにエルに擦《す》り寄った。その様子を、マリクが呆然と見上げている。

「お前……何者なんだ」

「え？」

「なんでそんな簡単におとなしくさせられるんだよ……」

「ああ、今のはですね」

「わっ、やめろ、近付くな」

鷹の鋭い瞳と鉤爪《かぎづめ》を見て、マリクは後ずさる。エルは距離《きょり》を保ったまま鷹を撫でた。

「さっきのは指笛です。小さい頃に、もしもの時のために教わったんです」

「もしもの時のために教わるようなものじゃなくねぇか？」

「もしも無人のジャングルに連れ去られてしまったとして、鷹を操《あやつ》る事が出来たら、何かの助けになるかもしれないじゃないですか」

「いや、何だよその状況《じょうきょう》。どうしたらそんな所に攫《さら》われることになるんだよ」

怪訝《けげん》そうな顔をするマリクに、エルはふふ、と笑う。

「言われてみればそうですね。でもいいんです、今日こうして役に立ちましたから」

「……そうだな。この状況を収めたのは……お前だ」

マリクと共に辺りを見回すと、騎士団の主導のもと、人々が周囲の片付けを始めていた。

「……さっきもお前が手伝ってくれなかったら、ばあさんに柱が直撃してたかもしれない」

「おばあさんを守ったのはマリクさんですよ。私は結局、手を離してしまいましたし」

「いや、俺は当たり前のことをしただけだし……。いや、お前もか。騎士として、市民を守った」

いつもなら不満そうに見てくるマリクが、感心したようにエルを見つめる。

「助かったよ。……ありがとな」

照れくさそうに礼を告げる、そんなマリクは初めてだった。もしかしてこれは、少しは騎士として認めてもらえた、ということなのだろうか。

「こちらこそ、いつもありがとうございます。マリクさん」

「……俺、お前に礼を言われるようなことなんかしてないだろ。いつも色々言ってるし」

「色々？」

「……だからっ、お前に対してキツく……というか、嫌味とか言ってるだろっ」

居た堪れないように言うマリクに、エルはきょとんと首を傾げる。

「嫌味？　そうでしたっけ？」

「いやいや、そこは気付くだろう⁉　普通《ふつう》！」

「マリクさんがいつも厳しく仰《おっしゃ》っていることは、本当のことですから。あんな風にストレートに指摘《してき》してくださるのはマリクさんだけなので、むしろ感謝しているくらいです」

素直《すなお》にそう言うと、マリクはポカンと口を開け――、思いっきり笑い出した。

「あっははは！　なんだよそれ！　お前なぁ、ほんと……。どんだけ純粋《じゅんすい》なんだよ！」

なぜそんなに爆笑《ばくしょう》されているのかわからずにいると、マリクが「あーあ」と息を吐いた。

「……俺の完敗だ。なんかもう、アホらしくなってきたわ。お前はそういうやつなんだって、よーくわかった」

そして、鷹に触れないよう慎重に、エルに手を差し出す。

「お前にとっては問題じゃなかったとしても、ちゃんと謝《あやま》らせてくれ。今まで悪かった」

エルもその手を握り返す。そして、満面の笑みで告げた。

「とんでもないです。これからもよろしくお願いしますね、マリクさん！」

その瞬間、マリクが顔を真っ赤にした。どうしてなのかわからなかったが、赤い顔のまま目を逸らし、バッと手も離される。

「マリクさん？」

「な、なななななんでもねぇよ！　そ、その顔で見るんじゃねぇ！」

「え、でもお顔が真っ赤に……もしや体調が」

「な、なんでもねぇってば!!」

そう叫《さけ》び、振り向いて走り去ってしまった。

取り残されたエルが呆気《あっけ》に取られていると、クロードが声をかけてきた。

「おい、大丈夫だったか。……なんだ、あいつはどうした」

ものすごい速さで走り去るマリクを見て、クロードが眉を顰めた。

「よくわからないのですが……。あ、皆さんお怪我はされていませんか？」

「ああ、大丈夫だ。向こうから見ていたが、市民を守ったようだな。良くやった」

見られていたようだ。ちょっと格好つかないところもあったが、褒《ほ》められて嬉しくなる。

「それにしても、指笛なんて扱《あつか》えるとは。色々よくわからん技を隠し持っているやつだな」

「そうですね、護身術の一環として覚えたことはたくさんあります。お望みとあらば、いつでも披露《ひろう》しますよ」

「……いや、遠慮《えんりょ》しておく。なんだか面倒《めんどう》なことになりそうだ」

「えっ、何ですか、その言い方」

その時、腕の中でおとなしくしていた鷹が、急に動いて翼でエルを叩き始めた。

「わっ、落ち着いて。大丈夫、もうあなたを驚かせるものは――……」

宥《なだ》めようとするが、鋭利《えいり》な鉤爪がエルの衣装に引っかかり、胸の詰め物がポロポロと零れ落ちてしまった。

「わぁっ⁉」

「ったく、何してるんだ」

クロードが呆れながら、鷹を落ち着かせようと手を伸ばしてくる。

（えっ、待って、今、胸元には何もない状態で――……！）

何もないわけではなく本物の胸があるのだが、それはそれでまずい。胸元が開いたドレスで、詰め物もサラシもない状態の姿を見られるわけにはいかない――と焦ったエルは、逃げようとして誤ってドレスの裾を踏んでしまった。

「ひゃっ……!?」

「危ない！」

つんのめって転ぶと思ったが、エルの顔面を受け止めたのは、固い地面ではなかった。

ドサッという音と共に倒れ込み、そっと目を開ける。

視界に広がるのは、濃紺《のうこん》の団服だった。

（………………え）

瞬時《しゅんじ》に状況を悟《さと》ったエルは、特大のパニックに襲《おそ》われた。――倒れた勢いで、全身でクロードにのしかかっていたのである。

「す、すみませんっっ!!」

ガバッと起き上がり、身体を離す。クロードも無言で起き上がった。

「た、たいへん失礼いたしました！　お怪我はありませんか!?」

「…………いや」

「そ、そうですか、それは良かった……」

(——じゃなくて!!)

エルの鼓動《こどう》は、ドクンドクンと早鐘《はやがね》のように鳴り始めていた。顔は火照《ほて》ったように熱い。

(む、胸元が、触れてしまった……!)

兄弟以外の男性と、胸が触れるほど密着してしまうなんてありえないことだ。

その事実が、エルを大混乱状態に陥《おとしい》れていた。

真っ赤になってあわあわしているエルを前に、ようやくクロードが口を開く。

「……おい」

「きゃ——!?」

パニックのあまり、クロードが少し動いただけで叫んでしまった。女子のような悲鳴を上げてしまったことに気付かぬまま、エルはサッと立ち上がる。

「ほ、本当に申し訳ありませんでした!! わ、私、パレードの列に戻りますね!!」

そう叫び、元に戻り始めていたパレードの一行の元へ戻っていく。

あまりにも衝撃《しょうげき》的な出来事だったため、真っ赤になって初々《ういうい》しい娘のような反応を見せてしまったこと、それを見たクロードが難しい顔をしていたことなど、エルの頭からはすっぽり抜け落ちてしまっていた。

第四章 ✦ 疑惑の騎士様

途中《とちゅう》で騒動《そうどう》があったものの、なんとか無事に終えることが出来たパレードの翌日。

エルはクロードの執務室《しつむ》の扉《とびら》の前で、ドアノブに手をかけたまま固まっていた。

——たった今、重大な危機に瀕《ひん》していることに気付いてしまったからである。

（……も、もしかして、私が女であるとバレてしまったのではないかしら……!?）

通り過ぎる人々の不審《ふしん》そうな視線にも気付かず、エルは室内に入る勇気が出ないまま、脳内で議論を繰《く》り返す。

（だ、だって、あんな風に胸元《むなもと》が触《ふ》れてしまったんだもの……!!）

さあっと顔が青褪《あおざ》める。あの時は、胸元が触れたという事実だけに気を取られ、思い至らなかったのだ。自分がだいぶ無防備な状態だったことに。

（詰《つ》め物は落ちてしまっていたし、殿下《でんか》もそれを見ていたわよね……）

騎士団の皆《みな》に散々からかわれ、申し訳程度にしかない胸ではあるが、触れたらさすがに『胸がある』と気付くのではないだろうか。全体重を乗せて倒《たお》れ込《こ》んでしまったのだし。

（それに、およそ男子とは思えない悲鳴も上げてしまった気がする）

思い返せば思い返すほど、失態を晒《さら》してしまった記憶《きおく》しか蘇《よみがえ》らない。あれからクロードと面と向かって話す機会がなかったため、今になって焦《あせ》り始めているのだった。

この扉の向こうにいるクロードは、一体どんな顔をしているのだろう。もしかしたら、自分を問い詰める気で待ち構えているかもしれない。

(『本当は女なんだろう』と直接言われたら……何て答えればいいの?)

本当のことを言うわけにはいかない。ここを追い出されるわけにはいかないのだから。

(なら……誤魔化《ごまか》し通すしかないわよね)

出来るだろうか。いや、やるしかない。

そう決心し、扉をノックする。返ってきたのは、いつものクロードの声だった。たぶん。

「失礼します」

動揺《どうよう》を抑《おさ》えながら入室する。顔を上げると、クロードとバチっと目が合った。

(ううっ)

咄嗟《とっさ》に目を逸《そ》らしてしまう。そんなことをしたら怪《あや》しまれるかもしれないのに。

「で、殿下、本日はどの書類をお運びしましょうか? こちらでしょうか?」

普段《ふだん》通りを装《よそお》って近付く。強い視線を感じる気がするが、きっとこれもいつも通りだ。

「いや、今日はない」

(なぜ今日に限って!)

仕事を得て出来る限り早く退室したかったのに、残念ながら逃《に》げ道は閉ざされた。

「そ、そうですか。えっと、もし何もないようでしたら……」

「その前に、話がある」

ドキッと心臓が大きく跳《は》ねた。これはまずいかもしれない。

「お、お話ですか？　何でしょう」

無理矢理笑顔《えがお》を作ってみるが、クロードの表情はとても硬《かた》い。

（こ、これはもしや……、『お前の秘密を知ってるぞ』の顔……!?）

笑っていられる雰囲気《ふんいき》ではなく、全身に冷《ひ》や汗《あせ》が吹《ふ》き出す。ビシバシ突《つ》き刺《さ》さってくる視線からは、初めて会った頃《ころ》のような警戒心《けいかいしん》や冷たさを感じた。

だが、クロードはそれ以上何も言わなかった。視線による圧力は凄《すさ》まじいのに、まるで言葉にするのを躊躇《ためら》うように、一言も喋《しゃべ》らない。それが余計にエルを居心地《いごこち》悪くさせる。

（お、落ち着くのよエル。問い詰められないなら、その方がいいじゃない。そうよ、だって私は、お兄様が結婚《けっこん》してくださるまで帰るわけにはいかないんだもの……！）

苦痛な緊張《きんちょう》感が漂《ただよ》う室内の空気を割《さ》いたのは、ノックの音だった。

「失礼します、殿下。エルヴィンを借りて行ってもよろしいでしょうか？」

入ってきたのは救世主――もとい、マリクだった。なんとかここから出られる、とホッとしたエルは、力が抜《ぬ》けてマリクに笑《え》みを向けた。その笑顔にマリクが動揺して赤くなっていることなど気付かず、エルは彼《かれ》の元へ駆《か》けて行く。

「殿下、よろしいですか？」

「……ああ」

むすっとしたクロードの返答を背に、エルは一礼してマリクと共に執務室を出た。

（良かったわ。一旦離《いったんはな》れて、落ち着いて策を練りましょう……）

小さく息を吐くと、マリクが心配そうに問うてきた。

「なぁ、出てきて大丈夫《だいじょうぶ》だったのかな。殿下、おっかない顔してたけど」

この動揺を気取《けど》られてはならない、とエルは笑って返す。

「大丈夫ですよ。殿下が睨《にら》みを利《き》かせているのはいつものことですから」

「……それをわかってる上でいつも一緒《いっしょ》にいられるんだから、お前ほんと大物だよな」

「美形な分、凄味《すごみ》が増しちゃうんですよ。本気で怒《おこ》ってらっしゃるわけじゃないって、わかっていますから。特に気になりません」

今回ばかりは、本気で怒っていそうな気配だけれども。心の中でそう付け足す。

「ところで、どういったご用でしょうか？」

気を取り直してマリクを見上げると、彼は「ウッ」と小さく呻《うめ》いた。

「上目遣《うわめづか》いとかほんとやめろ……じゃなくて、お前にこれを渡《わた》してほしいと預かったんだ」

なぜか和解してからのマリクは、エルと目を合わせるたび顔を赤くする。そしてよく聞こえない小さな声で、何事かボソボソと呟《つぶや》くのだ。最初は気になっていたエルだが、以前に比べ彼と親しくなれたことには間違《まちが》いないので、まあいいかと思うことにしている。

そんなマリクから小さなメモを受け取ると、中にはマデリーンの名が書いてあった。

（いけない、王妃《おうひ》様とお茶の約束をしていたのだったわ）

マデリーンとは、いつの間にかお茶を共にする仲になっていた。エルの来訪を、彼女《かのじょ》が強く望んだからである。最初は渋《しぶ》った反応を見せていたクロードも、第一王妃であるマデリーンの頼《たの》みを断ることはさすがにしなかった。そんなわけで、三日に一度はマデリーンの庭園にお邪魔《じゃま》しているのだった。

メモを読むエルを、マリクが訝《いぶか》しむようにじっと見つめる。

「それ、マデリーン王妃陛下付きの女官からもらったんだけど、お前王妃様とどういう関係なんだ？」

「えっと……、少し親しくしていただいていると言いますか……」

定期的にお茶を共にする仲です、とはさすがに言ってはいけないと思い、言葉を濁《にご》す。

だがマリクは「親しく⁉」と仰天《ぎょうてん》したように声を裏返した。

「あ、あのマデリーン王妃陛下と親しく⁉　どうしたらそんなことが出来るんだ⁉」

「いえ、親しくというのはおこがましい気もするのですが」

「いやいや、あの方の女官が連絡寄越《れんらくよこ》してきたんだから、本当に親しくないと起こりえないことだろ……。つーか、そもそもどうやったらあの方と知り合えるんだ？　俺《おれ》なんて、騎士団に入団して四年経《た》つけど、いまだに三回しかお姿を拝見したことがないぞ」

「えっ、そうなのですか？」

「あの方が表に出てこないのは有名だからな。公式行事なんて、年に一度——建国式典の時にしか出席されないくらいだし」

そういえばクロードも、年に一度しか顔を合わせないと言っていた。彼女の引きこもりっぷりはかなり徹底《てってい》しているようだ。

そんな彼女が自分を歓迎《かんげい》してくれていることが、なんだか不思議に思えてくる。どうして気に入ってもらえたのかわからないが、一緒にいる時のマデリーンは親しみを込めて接してくれている。エルはそのことがとても嬉《うれ》しいし、自分の訪問が少しでも彼女の気晴らしになるのなら、出来る限りのことはしたいと思っている。

「私、急いで行かなくては。マリクさん、わざわざありがとうございました！」

笑顔でお礼を言うと、マリクはまた頬《ほお》を染めて目を逸らした。

「お、おお、気を付けて行けよ。……あーもう、なんなんだあのキラキラした生き物は……。そして俺もどうしちまったんだ……男だぞ、あいつは……」

マリクの葛藤《かっとう》する呻きは、静まり返った回廊《かいろう》に響《ひび》くのみだった。

——どうなってるんだ？

クロードは一人になった執務室で、昨夜からずっと同じ問答を繰り返していた。

パレードで鷹《たか》が暴れた後のこと。胸の詰め物を落としたエルヴィンが、慌《あわ》てた拍子《ひようし》に倒れてきた。

男とは思えないあの貧弱《ひんじやく》な身体《からだ》を抱《だ》き留《と》めた時、クロードは気付いてしまった。

（……女、だった）

胸がどうとか、騎士団の連中には散々馬鹿《ばか》にされていたようだが、実際に触れてしまった時の違和感《いわかん》。倒れた弾《はず》みで際《きわ》どい衣装《いしよう》の胸元が乱れ、ちらりと見えてしまったもの。

何度考え直しても、同じ答えに辿《たど》り着く。新入り騎士のエルヴィンは、女だったと。

思い返せば色々なことに納得《なつとく》がいく。顔つきも身体つきも、お世辞にも男らしいとは言えない。成長期がまだだと本人は言っていたようだが、それにしても男には見えなかった。

（女……か）

なぜ、女だということを隠《かく》してまで、騎士団に入りたかったのだろう。

それがわからなくて、クロードはずっと考え込んでいるのだった。

(コーディーが親戚《しんせき》であるということは、間違いないんだろう。だが性別を偽《いつわ》る理由は？　そんなことをして何の得があるんだ？)

さっぱりわからない。何を考えているかなんてすぐわかりそうなやつなのに、どうしてもわからないのだ。

素直《すなお》で真《ま》っ直《す》ぐで、人を思いやることが出来る人間。共に過ごす中で、そう感じるようになっていた。人と関わることは極力避《さ》けてきた自分だが、エルヴィンだけは不思議と嫌《いや》にならなかった。最初は鬱陶《うっとう》しくて面倒《めんどう》なやつだと思っていたのに、冷たくあしらってもめげずに突撃《とつげき》してくるエルヴィンのことが、いつの間にか不快ではなくなっていた。

だからこそ、嘘《うそ》をつかれていたという事実にひどくショックを受けている。

(……信じてもいいやつなのかと、思っていたのにな)

落ち込んでいる自分に驚《おどろ》くが、誰《だれ》かを信じようと思っていたことの方が驚きだった。

(もう、誰も信じないと決めたはずなのに)

不愉快《ふゆかい》な数々の記憶が頭を過《よぎ》り、それを振り払うように髪《かみ》をぐしゃぐしゃとかき回す。

(ああ、嫌な気分だ。どうして、あいつ一人に振り回されなきゃいけないんだ)

これ以上考えたくない。けれど、そうも言っていられない。なぜなら、エルヴィンが性別を偽っていることには、必ず理由があるはずだからだ。

そしてそれは、もしかしたらクロードにとって見過ごしてはいけないものかもしれない。

（……確かめなくてはいけないな）

コーディーに問うべきかと思ったが、その案は却下《きゃっか》した。

本人の口から真実を聞きたい。クロードはそう思った。


「聞いたわよ。あなた、パレードで女神役《めがみ》をしたのですって？」

王妃の庭園の、薔薇《ばら》やダリア、ユリなど色鮮《あざ》やかな花に囲まれた東屋《あずまや》で、マデリーンは楽しそうに言った。

「えっ、王妃様の耳にまで入ってしまっているんですか」

「ふふ、これでも城内のことは意外と知っているのよ」

クスクスと笑う姿は少女のようだ。実は四十歳《さい》を超《こ》えているらしいのだが、とてもそうは見えない。美しく儚《はかな》げで、現実離《げんじつばな》れした雰囲気を持ち合わせているからだろうか。

「女性にしか見えないくらい、とても似合っていたそうね。わたくしも見てみたかったわ」

「それは……何と言うか、喜んでいいのか微妙《びみょう》ですね。男としては……」

「いいじゃない。あなたのように可愛《かわい》らしい人が一人くらいいた方が、喜ぶ人も多いと思うわ。だってほら、ファンクラブがあるのでしょう？」

「そんなことまでご存知なんですか⁉」

「わたくしの女官が、騎士団長が話していたのを聞いたそうなの」

(もう、コーディーったら!)

彼もある意味では年齢《ねんれい》不詳《ふしょう》な男だ。今年で三十歳になるというのに、こんな風に人の噂《うわさ》を面白《おもしろ》がって吹聴《ふいちょう》したり、割と子どもっぽいところがある。堅苦《かたくる》しくないところが彼のいいところでもあるのだが。

「そういえば、その後クロード王子とはどう? 上手《うま》くやれている?」

振られた話題は、今のエルにとって、痛いところを突かれるものだった。

「う……。そうですね、三歩進んで三歩下がった、みたいな感じでしょうか……」

「あら、それは困ったわね」

三歩どころか十歩くらい下がっているかもしれないが、エルはなるべく深刻にならないよう笑ってみせた。

「でも、私がいけないんです。せっかく距離《きょり》が近付いたのに、台無しにするようなことをしてしまったから……」

「珍《めずら》しいわね、いつも前向きなあなたなのに。頑張《がんば》って、わたくしも応援《おうえん》しているから」

マデリーンがそっと手を握《にぎ》ってくれる。

「ありがとうございます……。王妃様は本当に、優《やさ》しい方ですね」

そう告げると、マデリーンは困ったように眉尻《まゆじり》を下げた。

「そんなことないわ。本当に優しい人というのは、あなたのような人のことを言うのよ」

「私なんて……。畏《おそ》れ多いです」

「いいえ。だってあなたは、わたくしを心配してこうして会いに来てくれるでしょう？　優しさは時に善意の押《お》し売りみたいになってしまうことがあるけれど、あなたのは本物だわ。接していればわかるものよ、そういうのは」

静かに語るマデリーンの表情は、切なげに沈《しず》んでいた。

「わたくしは他人と会うことに対して、ずっと気が進まなかった。だから誰にも会わなくて済むように、ここで一人過ごすことにしていたけれど、あなたは違うもの。こうしてお話しているとね、本当に楽しいの」

子を持たぬことに引け目を感じ、滅多《めった》に人前に姿を見せないマデリーンは、普段は身近な女官ぐらいしか話す相手がいないという。だからエルは希少《きしょう》な存在らしいのだ。

「そんな、私の方こそ、王妃様とお話出来る時間はいつも楽しいと感じています。それに、とても落ち着くんです」

それはマデリーンが、エルがこの国に来て初めて親しくなった女性だからかもしれない。親しい、なんて言うのはおこがましいかもしれないが、とにかくエルにとって、安心して話が出来る存在なのだ。

「あなたは本当に嬉しいことを言ってくれるわね。大丈夫、あなたのその真っ直ぐな言葉を伝えれば、クロード王子もきっとわかってくださるわ」

「真っ直ぐな言葉……」

「ええ。それがあなたのいいところだもの」

マデリーンは他意《たい》なくそう言ったのだろうが、エルの胸はチクリと痛んだ。自分はクロードに隠し事をしていて、しかもそれがバレてしまったのかもしれないのだから。

「そうだと……いいですね」

エルはマデリーンの言葉に、なんとか微笑《ほほえ》んで頷《うなず》いた。


庭園を辞《じ》したエルは、周囲に人がいないことを確認《かくにん》してから、西の回廊を進んだ。マデリーンを訪ねる際は、常に西の回廊の木を伝《つた》ってお忍《しの》び訪問することにしているのだ。一騎士が王妃の元を訪ねるなんてとんでもない、という気持ちから。

そんなわけで、いつも人の通りが少ないこの道を通ることになるのだが、今日は珍しく人の声が聞こえてきた。

(角の向こうに誰かいるみたいね。困ったわ、あまり人に見られたくないのだけれど……)

逡巡《しゅんじゅん》し、足を止める。声の主は二人組のようだ。エルは柱の陰《かげ》に身を隠し、二人組が通り過ぎるのを待った。

「……は、やはり……だな」

聞くつもりはなかったが、会話が聞こえてきてしまう。盗《ぬす》み聞きは良くない、と少し離れようと思ったが、思わず足を止める羽目になった。クロードの名が聞こえたからだ。

「……でも、クロード殿下は……」

(何の話をしているのかしら。声を潜《ひそ》めて、まるで内緒話《ないしょばなし》みたいに……)

余計気になり、耳を澄《す》ましてしまう。

「……まったく、つくづく邪魔なお方だ。いつも国民の肩《かた》をお持ちになって」

「民《たみ》には慕《した》われていても、城内ではあの性格のせいで敬遠《けいえん》されているということを、もっと理解された方がよろしいのにな」

(――――……！)

聞き覚えのある声に、そっと姿を確認すると、見たことのある男たちがいた。

会議の後にクロードと言い争っていた官僚《かんりょう》たちだ。内容からしてあまり穏《おだ》やかではない。

「先日の祭も強行されたしな。あと少しで中止に出来たものを」

「あれに使う金を浮《う》かせられたら、教会の修繕《しゅうぜん》費で揉《も》めることもなかったろうに」

(え……、それって……)

エルは、町の人が話していたことを思い出した。

(国の偉《えら》い人が中止にしようとしていたのを、殿下が反対なさったと言ってたわよね。今の話からすると、反対していたのはこの人たちなのかしら)

それにしても、どうして人々の楽しみを奪《うば》おうとするのだろう。そんなに教会の修繕にはお金がかかるのだろうか。けれど、クロードはそこにお金を使いすぎだと言っていた。

(細かくはわからないけれど、殿下と官僚たちはお金の使い方を巡《めぐ》って対立している……というのは、間違いないようね)

この国の国費の流れについて、エルは口を挟《はさ》む権利がないので、考えても仕方ない。そのままじっと聞いていたが、官僚たちはそれ以上言葉を交《か》わさず、立ち去ってしまった。

ほんの少し引っかかりを感じたものの、追いかけるわけにもいかない。そう判断し、エルも回廊を足早に抜けた。そのまま庭を突っ切って詰所《つめしょ》に向かおうとした時、エルの肩にポツリと雨粒《あまつぶ》が落ちてきた。

(あら? 雨?)

みるみるうちに空は重い雨雲に覆《おお》われ、激しい雨が降り出す。

(わっ、待って、そんなに急に降らなくても……!)

ちょうど屋根のないところを移動していたため、容赦《ようしゃ》なく叩《たた》きつける雨粒にエルの全身はびしょ濡《ぬ》れになる。なんとか庭を越《こ》えた頃には、身体から零《こぼ》れる雨の雫《しずく》で、足元に水溜《みずた》まりが出来てしまうほどだった。

「早く着替《きが》えないと、風邪《かぜ》をひいちゃうわね」

急いで自室の方へ歩き出すと、進行方向からクロードがやって来た。

（わわっ、心の準備が出来ていないのに）

また目を逸らしそうになるのを堪《こら》えたエルを、クロードは眉《まゆ》をピクリと上げて睨んだ。

「……びしょ濡れじゃないか」

「あ、はい、運悪く降られてしまって。着替えに戻《もど》ろうと思ったところで……」

そそくさと立ち去ろうとするエルの腕《うで》を、クロードがガシッと掴《つか》んだ。

「……殿下？」

「こっちの方が近い」

「え？」と聞き返すも、否応《いやおう》なしにエルはグイグイと引っ張られる。逃がすまいと掴まれた彼の手に抗《あらが》えないまま、エルは引き摺《ず》られるようにして付いていかざるを得なかった。

「あ、あの……ここは……」

そうして連れてこられた先は、とんでもない場所だった。

「早く入れ」

「えっ、でも」

「いいから早く」

言うなり、扉の奥《おく》に押し込まれてしまう。そこは、クロードの私室に繋《つな》がる浴室だった。

(……どうして私が殿下のお部屋の浴室に!?)

自分が置かれた状況《じょうきょう》に思考が停止するが、そうして立っている間にも水が床《ゆか》に滴《したた》り落ちていくので、急いで服を脱《ぬ》いで浴槽《よくそう》に浸《つ》かる。温かい湯が冷たくなった肌《はだ》に沁《し》み、ぶるりと震《ふる》えた。腕を擦《こす》りながら、エルは頭の中を整理しようと試みる。

(えっと、なぜこんなことに……)

壁《かべ》一枚の距離——といっても王子の部屋だからかなり分厚い壁だろうが、ともかくそんな身近な距離にクロードがいるのに、裸《はだか》になっている状況は非常に落ち着かない。

(……でもきっと、心配してくれたのよね)

朝は警戒心丸出しだったのに、全身ずぶ濡れのエルを見て、ここまで連れて来てくれたのだ。終始無言で怒っているようにも見えたが、これはエルのことを想《おも》っての行動だったろう——そう思うと、とても嬉しくなった。同時に、胸が痛くなる。

(私は隠し事をしているのに。……だけど、どうしてもこの嘘はつき続けないといけない)

それだけの覚悟《かくご》でここまで来た。だから、クロードがエルの秘密に気付いてしまったかもしれなくても、何としてでも誤魔化し通さなくてはならないのだ。

そのためには、このまま目を逸らし続けていてはいけない。知られてしまったかも、なんていつまでもビクビクしていては駄目《だめ》だ。ハッキリさせなくては。

（ちゃんと目を見て話しましょう。それで殿下に何を言われても、私は男だと言い張るの）

気合いを入れるように、顔にバシャッとお湯をかける。

エルは最後に一度深呼吸をして、浴室の扉を開けた。


「殿下、湯を使わせていただきありがとうございます」

部屋着を着て私室に一歩踏《ふ》み込むと、クロードは背を向けてソファに腰掛《こしか》けていた。

「……言っておくが、その着替えはコーディーに持ってこさせたからな」

「そ、そうでしたか。お気遣《きづか》いありがとうございます」

用意されていた着替えは、エルがいつも着ているものだった。頼まれたコーディーは、一体どう思ったのだろう。しかし、彼はここにいないので確かめようがない。

それに今問うべきは、そんなことではない。

エルは改めて深呼吸し、話を切り出そうと口を開く。――が、その時クロードが立ち上がり、エルの方へつかつかとやって来た。

「え……」

そして、ドン、という音と共に、壁際《かべぎわ》に押し付けられた。

間近に瑠璃《るり》色の瞳《ひとみ》がある。気付いた時には、顔のすぐ横を彼の両腕で囲われていた。

――完全に逃げられない状態である。

「あ、あの、殿下――……？」

「お前、俺に隠してることがあるだろう」

ビクッ、とエルの肩が跳ねた。

やはり女だとバレている――、その動揺は、顔に出てしまっただろう。

けれど続く言葉は、エルが予想していたのとは違うものだった。

「お前がオリベールへ来た本当の目的は何だ？」

クロードの真っ直ぐな瞳が、エルを射抜《いぬ》くように見つめていた。

（……え？　お前は本当は女だろう、って言われるかと思ったのだけれど……、違うの？）

そう詰問《きつもん》されるに違いないと思っていたため、反応に窮《きゅう》してしまう。

「おい、聞いているのか」

「あ、はいっ。聞いております」

「なら答えろ。お前は本当は――……誰かの差《さ》し金《がね》で騎士団に入ったのではないか？」

「え？」

差し金、という言い方はちょっと違う気もするが、母やコーディーの助けでここにいることは間違いない。

「やはりそうか」

「……あの」

「お前を使っているのは誰だ？　あの官僚どもか？」

「は？」

官僚？　なぜここで官僚が出てくるのだろう。

「とぼけなくていい。どうせあいつらがお前を差し向けたんだろう。ったく、小狡《ずる》い真似《まね》をしやがって……」

「ま、待ってください、仰《おっしゃ》ってる意味がよくわかりません」

「不覚だった。こんな人畜《じんちく》無害そうなやつを放《ほう》り込んでくるとは」

何かがおかしい。話が全然噛《か》み合っていないような気がする。官僚――その言葉に、前に言い合っていた姿や、彼らが回廊でクロードの陰口《かげぐち》を言っていたことを思い出す。

（もしかして、私があの人たちの仲間で、一緒に何か企《たくら》んでいると思われている……？）

「となると、コーディーもグルなのか？　まさかあいつまであちら側だったなんて……」

「ちょ、ちょっと待ってくださいってば！」

自分が捕《と》らえられた子ウサギ状態であることも忘れて、エルは叫《さけ》んだ。

「あの、殿下は何か勘違《かんちが》いをされていると思います！」

とりあえず、性別を偽っていた事実が論点じゃないことは確かだ。代わりに、よくわからない嫌疑《けんぎ》をかけられている。

女だとバレていなくて良かった——と安心できる状況では全くなさそうだ。

「……へえ、言い訳があるというなら聞いてやろうか」

クロードは冷たく微笑《びしょう》しながら、さらにエルを追い詰めるように顔を近付ける。

負けじとエルはその瞳を見返した。

「た、確かに私がこの国へ来たのは、大事な……とても大事な理由があったからです。でもそれは、殿下を害するためではありません。そのような嫌疑をかけられることは、何もしていないし考えてもいません。私も、コーディーも」

「じゃあ何のためにこの国へ来たと言うんだ。言ってみろ」

「そ……れは……」

ゴクリと唾《つば》を呑《の》む。勢いで言ってしまったが、この先を口にすることは躊躇われた。

「ほら、言えないんじゃないか。……やはりお前も、俺の敵だったってことか」

敵、という言葉がグサリと胸に刺《さ》さった。違う。そんなんじゃない。私はあなたの敵ではない。信じてほしいのに——……。

「わ、私がいると、兄弟が駄目になるから国を出たんです!!」

静かな部屋に、エルの悲痛な叫びがこだました。

「…………はあ？」

少し間を置いて、クロードの拍子《ひようし》抜けしたような声がした。

（お、思わず言ってしまった――……!!）

クロードに疑われたくないという一心で口にしてしまった。しかし、そんな彼は苛《いら》つい
た表情をエルに向けていた。

「お前な、もっとマシな言い訳はないのか。この状況でふざけられるとは大したやつだ」

「ふざけてなんかいません！」

こちらは大真面目なのだ。エルはもうこうなったら、と堰《せき》を切ったように話し出す。

「で、ですからその、兄弟が私を……度が過ぎるくらい大事にしてしまう傾向《けいこう》がありまし
て。それが原因で、周囲から厳しい目で見られるようになってしまったのです。このまま
私が側《そば》にいると、みんな駄目になってしまう。私はそれを防ぐために、遠く離れた場所へ
逃げようと思い、オリベールに来たのです」

クロードは訝しむような顔をしながらも、黙《だま》って聞いている。

「コーディーに関しては、信頼《しんらい》出来る従兄弟《いとこ》なので、この国で暮らす基盤《きばん》を作るために協
力をしてもらったのです。私が彼を巻《ま》き込んだだけなので、彼は何も悪くありません」

そして、勢いよく頭を下げる。

「これが、私がオリベールへ来た理由です。決して、良からぬことを企んでいるわけでは

ありません。信じてください！」

嘘は言っていない。男装云々《うんぬん》のことは触れていないだけで、どれも真実だ。

あくまでもエル個人の理由でこの国に来たわけであって、クロードやオリベールに対して害を成《な》そうと思ったことなどないのだから。

しばらく、クロードは一言も喋らなかった。エルも黙っていた。

（やっぱりこんな説明じゃ駄目かしら……。でもこれ以上は言えないわ……！）

落ち着きなくソワソワし始めると、クロードが無言のまま囲っていた腕をどかし、エルを解放した。そして身体を震わせ――、小さく吹き出した。

「……ふっ。何だよ、それ……」

「……殿下？」

「なんて理由だよ。ふざけてるのかと思ったのに、そんな必死に……」

「わ、私にとっては大層な理由なんです！」

笑い飛ばされたことに若干《じゃっかん》ショックを受けながらも、心の隅《すみ》では安堵《あんど》していた。

クロードが、毒気《どくけ》を抜かれたように笑っていたからだ。

（でも、せっかく笑顔を見せてくれているのに複雑だわ……）

戸惑《とまど》いながらクロードを見ると、彼はまだ、込み上げる笑いと戦っていた。

「……まあ、そうか。お前はそういうのに絡《から》んでいそうなやつじゃないよな。絶対向いてない。……くそっ、疑うなんて馬鹿馬鹿《ばか》しかった」

一息《ひといき》吐《つ》いて、真っ直ぐエルを見つめる。

「本当に、兄弟のためにリトリアから出たかっただけなんだな？」

「はい。神に誓《ちか》って」

力強く頷くと、クロードはもう一度深く息を吐いた。

「……そうか。お前の事情はわかった。……疑って悪かった」

「そんな、私の方こそ、疑われるようなことをしてしまって申し訳ありません」

そう答えながらも、気になった。これはつまり、男装していることまではバレていないということでいいのだろうか。

そっと見上げたクロードは、もう睨んでいないし、冷たい目もしていなかった。

「あの……、私の疑いは晴れましたか？」

一瞬《いっしゅん》、躊躇うような間があった。けれど、クロードは「ああ」と短く答えた。

エルはホッと息を吐いた。まだ疑問があるなら、大丈夫なのだと、クロードのことだ、黙ってはいないだろう――そう思い、バレていないのだ、と思うことにした。

「あの、私からもお聞きしていいでしょうか？」

すっかり空気が和《やわ》らいだのを確認し、エルは気になっていたことを質問した。

「なぜ、私が官僚とグルなのかとお疑いになったのですか？」

「……それは」

「殿下と一部の官僚の仲があまりよろしくないことは、なんとなくわかります。それには何か理由があるのですよね？　私に話していただけないでしょうか」

「いや、この件に関しては……」

「全く関係ないのにグルだと勘違いされてしまった私には、詳《くわ》しいお話を聞く権利があると思うのです」

「……お前、疑いが晴れた途端《とたん》に強気に出始めたな」

「ええ。どうしても知りたいから、聞いているのです。殿下が考えてらっしゃることを」

真剣《しんけん》に見つめるエルを、クロードもじっと見つめ返し、慎重《しんちょう》に言葉を選ぶ。

「一介《いっかい》の騎士のお前には関係のない話だ」

「ですが、私は殿下の側付きです。あなたの考えを知っておくのも、私の大事な務めです」

「……」

「それともまだ、私は殿下からの信頼を得るには足りないでしょうか」

物思うような間があった。クロードの中で、いろんな葛藤《かっとう》があるように見えた。

「…………わかった」

辛抱《しんぼう》強く待っていると、クロードは諦《あきら》めたように息を吐き、エルに座《すわ》るよう勧《すす》めた。

「──前に俺が、増税の件で揉めていたやつらがいただろう。俺は、あいつらが不正を働いている事実を暴きたいと思っている」

「不正……ですか？　彼らが？」

予想をしていなかった告白に、エルは困惑《こんわく》する。

「そうだ。あいつら、増税を提案するのは今回が初めてじゃないんだ。過去にも何度も増税策を施行《しこう》していて、その一部を不正に着服してやがる。もちろんまともな官僚もいるが、あいつらは違う。自分たちの私腹《しふく》を肥《こ》やすことしか考えないやつらなんだよ」

クロードから、抑え切れない怒《いか》りのオーラを感じる。一方エルは、国民のことを第一に考えるべき立場の人間が、そんなことをしているという事実に衝撃《しょうげき》を受けていた。

「どうして……そんなことを」

漏《も》れ出たエルの呟きを、クロードは哀《あわ》れむように拾った。

「お前の平和な価値観からしたら、信じられないのかもしれないけどな。オリベールは古い国だし、いろんなやつがいるんだよ」

「……そう……なんですか」

「だから俺は、それを明るみに出してあいつらを排除《はいじょ》したい。だが相手もなかなか悪知恵《わるぢえ》が働くやつらで、一筋縄《ひとすじなわ》ではいかない」

「でも、お金が不正に使われていることを殿下がご存知だということは、国王陛下や他の皆様《みなさま》も把握《はあく》しておられるのでは？」

「いや、そこがあいつらの厄介《やっかい》なところなんだ。増税を提案する時は、国のためだの民のためだの上手《うま》いことを言って、対外的には正しく金が動いてるように見せてしまう。だから調査は入らないし、着服されている事実に辿り着かない」

そういえば、揉めていたあの時も、教会の修繕に必要だと言っていた。

「俺もたまたま不正な流れを知る機会があっただけだ。それ以降調べてはいるんだが、いつも決定的な証拠《しょうこ》を摑めない。おそらく、裏であいつらを使ってるやつがいるんだ。それなりの力を持ったやつが」

それもまた恐《おそ》ろしい話だ。裏で糸を引いている者がいるなんて。

「あいつらが金の流れを誤魔化そうとするために、民の大事な楽しみを平気で奪おうとすることが出来るのも、裏で誰かが支持しているからだと思うんだよな」

民の大事な楽しみ。そこでようやく、エルの中でいろんなことが繋がり出した。

「そういえば、その官僚たちは先日のお祭を中止にしたがっていたのですよね？　それで浮くはずだったお金が入ってこなかったから、教会の修繕費という名目で税金を上げようとしていたのでしょうか？」

「そうだ。そうすれば、取り損《そこ》ねた金を回収出来るからな。どっちにしろ被害《ひがい》を被《こうむ》るのは国民たちというところが腹立たしい」

「なるほど。……だから殿下は、国民の皆さんのために戦ってらしたんですね」

パレードの時見かけた、クロードと町の人たちの触れ合う様子が思い浮かぶ。あの時も、クロードが彼らを大切に思っていることが、雰囲気から伝わってきていた。

「俺は、彼らに救われたからな」

そう言って、窓の外に目を遣《や》り、遠くを見つめる。

「この国の第一王子として生まれた俺は、とにかく丁重《ていちょう》に扱《あつか》われてきた。誰もが俺の顔色を窺《うかが》って媚《こび》を売り、悪さをしても他の人間のせいになる――子どもの頃はそんな毎日だった」

その時の不愉快な気持ちを思い出したのか、眉を顰《ひそ》める。

「誰も信じられない世界だ。近付いて来るものは皆、自分の利益しか考えていない。一人だけ親しくなったやつもいたが、そいつはある貴族の官僚の息子《むすこ》で、親子揃《そろ》って俺に取り入ろうとしただけだった。もう全てに嫌気《いやけ》がさして、十歳の時、城下まで家出してやった」

「えぇっ」

十歳のクロード少年は、なかなか思い切ったことをする子どもだったようだ。

「城下の者たちは俺の正体に気付いていながらも、王子だからとよそよそしい態度は取らず、快く迎《むか》え入れてくれた。個人として接してくれた。……それがすごく心地《ここち》良かった」

それは、人との交流に傷付いていた少年にとって、どれだけの癒《いや》しを与《あた》えたことだろう。

「あの時分けてもらったミートパイの味は、今でも忘れられない」

ふと、クロードが穏やかに微笑んだ。

「ミートパイ……って、パレードの時に私がいただいたやつですか？」

「そうだ。美味《うま》かっただろ？」

「はい！　自然と笑顔になってしまうような、温かくて優しい味がしました」

クロードがほのかに嬉しそうな顔をして、頷く。

（あれは殿下にとって思い出の味だったのね。偶然《ぐうぜん》とはいえ共有することが出来たなんて）

胸の内がほかほかと温かくなってきて、嬉しくなる。

「もしかして殿下は、その後も城下に顔を出すことが多かったのではないですか？」

「……よくわかったな」

「やっぱり。お祭の時に思ったのですが、町の皆さんととても親しげでしたものね」

あれは王子としてではなく、クロードとしての笑顔だったのだ。今ならそう思える。

「それで、皆さんのために何かしたいと思ったのですね？」

「ああ。ちょうどその頃に、あの官僚たちによって最初の増税が決定してしまったんだ。俺はまだ子どもで、それを止めることが出来なかった。悔《くや》しくて――……その時誓った。彼らの生活を守るために行動しようと。彼らは俺や国にとって、大事な存在だから」

再び窓の外を見つめる。城壁《じょうへき》の向こうに生きる人々に想いを馳《は》せるように。

「国は民たちで出来ている。前を向いて毎日を懸命《けんめい》に生きている彼らのおかげで、この国は成り立っている。そんな彼らにだから俺は救われた。それならば、俺は彼らを守れる存在でありたい——そう思ったんだ」

クロードからは揺《ゆ》るぎない信念を感じた。その真剣な表情に、エルは見入ってしまう。

（ようやく、殿下のことがわかってきた気がする）

誰よりも国民のことを真摯《しんし》に考えている、優しい王子なのだ。一見近寄りがたい印象なのは、幼少期の経験のせいで、近付く人を警戒するようになってしまったから。

（私も、初めの頃はずっと距離を置かれていたものね）

初めて出会った時のことを思い出していると、エルはあることに気が付いた。

「……もしかして、殿下が貴族をあまり好《す》いていらっしゃらないのは、例の官僚たちが影《えい》響《きょう》しているのでしょうか？」

国内で位の高い役職に就《つ》いている者は、大抵《たいてい》は王族の血筋や貴族で構成されている。ということは、官僚も貴族出身になるだろう。案の定《じょう》、クロードは眉間《みけん》に皺《しわ》を寄せた。

「……ああ。貴族って聞くとあいつらを思い出して……どうにも警戒心が生まれる」

やっぱり、とエルは笑う。

「だから、私が最初に名乗った時、嫌そうな顔をされていたのですね。伯爵《はくしゃく》家の嫡男《ちゃくなん》というところに、妙《みょう》に食いついていましたから」

クロードは、気まずそうに顔を歪《ゆが》めた。

「あれは……そうだな。確かに、『こいつも貴族か』と疑って見ていたところはあった。……だが、お前は違ったな。俺の知ってるどんな貴族とも全く違った」

「えっと、それはどういう……」

「良《い》い意味で、貴族らしくなかった。最初は『なんて世間知らずで鬱陶しいやつなんだ』と思っていたが、接していくうちにわかった。お前はただ純粋《じゅんすい》で、真っ白なだけなんだと。そしてそれが、なぜか不快ではなかった」

思いがけないことを言われ、エルは目を瞬《しばた》かせる。

「お前はすごいな。ごく自然に他人に寄《よ》り添《そ》うことが出来る。おそらく自覚はないんだろうから、一種の才能だ」

「そ、そんな、大袈裟《おおげさ》ですよ」

「大袈裟なもんか。現に俺は、今まで誰にも話してこなかった官僚たちのことを、こうしてお前に話した。誰かと共有することなんて考えられなかったのに。……でも、なぜかお前には話してもいいと思った。信じてみても……いいのだと」

クロードが照れたように顔を背《そむ》けた。そんな彼を見て、エルの顔が綻《ほころ》ぶ。

(殿下が私を信頼してくださっている……。それがすごく、すっごく嬉しい)

頑《かたく》なに人を近付けようとしなかった彼が、心を開き始めてくれている進歩。それは今までになくエルの胸を熱くした。そうして、言葉が自然と溢《あふ》れ出る。

「私にも、官僚たちの不正を暴《あば》くお手伝いをさせていただけませんか？」

クロードは目を瞠《みは》った。それから、少し困ったように言った。

「……側付きだからって、そんなことまでする必要はない」

「側付きだからではありません。私が、殿下のお力になりたいのです。私なんかに出来ることは少ないかもしれませんが、こうして殿下がお気持ちを話してくださったことが本当に嬉しい。だから、私も何かしたいのです」

黙ってしまったクロードは、真意を探《さぐ》るようにエルを見つめた。

「私は、殿下の支えになりたいのです」

もう一押《ひとお》しすると、クロードは小さく笑った。

「……わかったよ。お前が意外と頑固《がんこ》なのは俺も学んだからな」

「……ありがとうございます！」

嬉しくなり、声を上げて喜ぶ。しかし、一つだけ引っかかった。

「……頑固ですか？　私」

「頑固だろ。あれだけ俺が鬱陶しがってもちょこまか付いてきて、めげずに話しかけてくるのは頑固以外の何ものでもない」

「私はただ、殿下と仲良くなりたかっただけなんですよ」

「……この俺と仲良くなりたがるなんて、ほんとわけのわからんやつだな」

クロードはくしゃりと顔を緩《ゆる》ませて笑った。警戒心を削ぎ落《そ》とした少年のように無邪気《むじゃき》な表情が、エルの胸にきゅんと刺さる。

（本当は、こんな風に笑ってくださる方なのに）

この表情を知らない人が多いなんて、もったいなさすぎる。そう思った時、エルの脳裏《のうり》にふと、騎士たちの顔が浮かび上がった。同じ騎士団に所属しているのに、彼らがクロードを恐れているのがずっと気になっていたのだ。

「騎士団の皆さんとも、こんな風に笑ってお話ししてみればよろしいのに」

つい口から出てしまった発言に、クロードは表情を硬くした。

「……それは……」

「皆さんだって、本当はもっと殿下と話してみたいと思っているんじゃないでしょうか。仲間なのですから。それに、皆さんにも何か協力してもらえることがあるかもしれません」

難しい顔をしたクロードは、しばし黙ってから口を開いた。

「確かに、俺が騎士団に入ろうと思った理由は、官僚たちの息がかかっていない軍部を味方につけようと思ったからだ。コーディーは、あいつがこの国に来てからの付き合いだが、信頼できるやつだ。あいつが上に立つ騎士団なら、と考えていた時もあったんだが……」

クロードの言う通り、コーディーは不正とかが大嫌《だいきら》いなタイプだ。実力だけでオリベール騎士団長の座についたと聞いているし、普段はおちゃらけている時もあるが、根は真っ直ぐで誠実な男なのだ。ちょっとわかりにくいだけで。

「……だが、いざあの輪に入ろうとすると、どうにも警戒心が勝《まさ》ってしまうんだ」

バツが悪そうに言うクロードを、なんだか可愛いと思ってしまう。

「少しずつでいいんです。だって、いきなり殿下が笑顔で話しかけてきたら、皆さん飛び上がって驚いてしまうと思うので」

ふふ、とエルが笑うと、渋い顔をしていたクロードも小さく笑った。

「大丈夫です。殿下は、人に寄り添える方ですから。町の人たちがそうでしょう？」

柔《やわ》らかく笑ったエルを、クロードは目を細めて見つめた。

「……不思議だな。お前が言うと、出来なくもない気がしてくる」

「出来なくもない、じゃありません。出来る、って思っておくんです」

自信ありげにエルが言うと、クロードはまた少しだけ笑ってくれた。

「……善処《ぜんしょ》しよう。……エル」

（っ！　名前――……!!）

心臓にものすごい衝撃が走った。呼びかける時はいつも〝お前〟で、名前を呼ばれたのは初めてだったから。しかも、エル自身とても馴染《なじ》みのある愛称《あいしょう》で。

（う、嬉しい……！）

自分でもわかるくらいにやけてしまう。クロードも気付いたようだ。

「……何ニヤニヤしてるんだ」

「な、何でもないです」

「……フン」

照れているのか、そっぽを向いてしまう。それでもエルの心は満たされていた。クロードの本当の心を覗《のぞ》けて、近付けたことがとても嬉しい。そして、もっと彼のいろんな顔を見ていきたいと思ってしまう。――この人の、側で。

けれどその時、エルの胸にズキリと痛みが走った。

(殿下はご自分のことを話してくださったのに、私は一番大事なことを隠したままだわ)

女であることがバレていなかったことに安心したくせに、逆にそれが苦しくなってくる。兄の結婚問題が解決するまでは、ここを離れるわけにはいかない。それもそうだが、単純にクロードの側にまだまだいたいという思いも、エルの中で芽生《めば》えていた。

(……でも、そのためには、私は男装したままでいないといけない)

そうでないと、騎士団にはいられないから。

嘘をついている罪悪感で胸が痛むのを感じながらも、それでもまだここにいたいという想いが、エルの中でせめぎ合い始めていた。

第五章✦悲哀なるユリからの招待状

エルが自室に下がった後、クロードは一人考えていた。

『私の疑いは晴れましたか？』

その問いかけに、クロードは数瞬躊躇《すうしゅんためら》ったものの、「ああ」と答えてしまった。

（……本当はお前《こ》は女なんだろう、と言えなかった）

言葉を飲み込んでしまった。それを口にしてはいけない気がしたから。

（女であると明かしてしまったら、あいつはいなくなってしまうような気がする）

漠然《ばくぜん》とだがそう感じた。彼女《かのじょ》が国を出たことには理由があるとはいえ、嘘《うそ》をつくのが苦手そうなくせに、男だと偽《いつわ》って暮らしているくらいだ。余程《よほど》の決意でその方法を取ったのだろう。だとしたらエルは、男でないといけないのだ。

（俺《おれ》はあいつに……いなくなってほしくない）

自分でも不思議なことに、その想《おも》いが強かった。だから言えなかった。誰《だれ》かに対してこんな気持ちになるなんて、今までの自分では考えられなかったことだ。

おそらくコーディーだけは事情を知っていて、それ以外の人間は知らないのだろう。ならば、自分が胸の内に秘《ひ》めておけばこの秘密は守られるはず。クロードはそう結論付けた。

（……それにしても、騎士《きし》団の連中とも話してみればいいのに……か）

ずいぶんと簡単に言ってくれる。長年誰とも打ち解《と》けずにやってきたのに、急に親しくしてみようだなんて、上手《うま》くいくわけがないだろう。

けれど、エルの言葉は自然とクロードの胸《むね》の奥《おく》にすとんと落ちていた。

あの真《ま》っ直《す》ぐで純粋《じゅんすい》な性格から紡《つむ》がれる言葉は、警戒《けいかい》心で固めたクロードの心の檻《おり》をなんなく壊《こわ》し、そこに納まるのだ。

（……本当に、不思議なやつだな）

エルのことを想うと穏《おだ》やかな気持ちになる。それが案外悪くないと感じる自分に驚《おどろ》きつつ、クロードはその夜眠《ねむ》りについたのだった。


「美味《おい》しい！　エル、あなた本当に紅茶を淹《い》れるのが上手ね」

「お褒《ほ》めにあずかり光栄です、クレア姫《ひめ》」

「こんな特技も持っているなんて、本当に素敵《すてき》な紳士《しんし》だわ……！」

頰《ほお》を染めてエルを見つめるクレアに、微笑《ほほえ》み返す。ほぼ日課になっているように、エルは今日もクレアに捕《つか》まり、一緒《いっしょ》にお茶をしているのだった。

向かいにはクロードもいる。エルがこの場に同席することは、いつの間にか彼《かれ》にとっても、日常の風景として受け入れられるようになったらしい。

「そうだわ、お兄様。週末の建国式典のお話は聞いた？」

クレアの声に、クロードはティーカップを置き、「ああ」と答えた。

「困ったわよね。どうしたものかしら」

「何かあったのですか？」

建国式典には、エルも騎士団の一員として、警備の任務に就《つ》くことになっている。王子として出席するクロードとは当日は立場が違《ちが》うのだが、何か問題が生じているのだろうか。

「それが、いつもお兄様のパートナー役をしてくれる従姉妹《いとこ》が、来れなくなっちゃったの」

正式な席には男女ペアで出席するのがマナーだ。急な話なら確かに困るかもしれない。

「代わりの方はいらっしゃらないのですか？」

「うーん……、そもそもその従姉妹もいつも代わりで引き受けていたのよね。今から探すなら急がないと」

クレアがちらっとクロードを見た。

「——本当なら、お兄様の許婚《いいなずけ》が一緒に出席するはずなんだけど」

「いっ、許婚!?」

自分でも予想外の大きな声が出て、ガチャン、とカップをテーブルに落としてしまった。

（い、許婚……って、ええ⁉）

「ええ、そうよ。お兄様には幼い頃《ころ》から許婚がいるから、本来パートナー役はその方のものなのだけど、公《おおやけ》の場に出てこない方なのよねぇ。ね、お兄様」

「そうだな」

躊躇いなくクロードが肯定《こうてい》したことで、さらにエルは衝撃《しょうげき》を受けた。

（許婚がいらっしゃったのね……）

大国の王太子だ、いたって何の不思議もない。なのにショックを受けている自分がいる。

頭をガツンと殴《なぐ》られたように、クラクラし始める。

（クロード殿下《でんか》に許婚……許婚が……）

一人呆然《ぼうぜん》としているエルを置き去りに、兄妹《きょうだい》の会話は続く。

「ねえお兄様、いいかげん顔を出してもらうように頼《たの》んでみたら？」

「無理だろう。これまでだって一度も出てこなかったんだから」

「そうは言っても、お兄様ももう二十一歳《さい》よ。そろそろ結婚《けっこん》するでしょう？　いまだに一度も会ったことがないなんて、どうなのかしら」

「こちらが何を言ったって、向こうが出てこないんだから仕方ない」

どうやら表に出てこない女性らしいということはわかるが、それ以上深く訊《き》くことが出来ない。それほどまでに動揺《どうよう》している自分に、さらに困惑《こんわく》する。

「あ！　いいこと思いついたわ！　それならエルに代わりをしてもらったら？」

「え？」

乱暴に意識を引き摺《ず》り戻《もど》されたエルを、クレアがキラキラした目で見ていた。

「だって、こんなに綺麗《きれい》なのよ！　女装したって誰も気付かないわ！」

「おい待て、クレア」

「え、ええと……姫様。それは、私が殿下のパートナー役をするということでしょうか？」

「そうよ！　パレードの時も女装がすっごく似合ってたんでしょ？　適役じゃない！」

「い、いいえ、それは……」

心臓に悪いのでもう女装はしたくないのだが、クレアの勢いは止まらない。

「大丈夫《だいじょうぶ》よ、お兄様に手を添《そ》えて入場するだけでいいの！　最初だけ一緒にいれば後は退散していいんだから、バレないわ！　というか、私がエルのドレス姿を見たいの！」

どうやらそれが本音《ほんね》のようだ。しかしエルも素直《すなお》に頷《うなず》くことが出来ない。

（殿下のためになるなら、協力したいとは思うけど……）

そっとクロードの様子を窺《うかが》うと、彼は複雑そうな表情で眉《まゆ》を寄せていた。

「別に俺は一人で構わない。本来のパートナーが毎回出席しないことは、皆《みな》知ってるしな」

「そんなの駄目《だめ》！」とクレアが立ち上がる。

「式典には、いつも人前に出てこないマデリーン王妃陛下《おうひへいか》もいらっしゃるのよ？　招待客ならまだしも、主賓《しゅひん》の一人である王太子のお兄様がマナーを軽《かろ》んじるのは、よくないわ」

「いや、そうは言っても……」

クロードの視線がちらっとエルに向けられた。困ったような顔をしている。

（もしや、パレードの時私が女装を渋《しぶ》っていたから、今回も気にしてくださっている……？）

気遣《きづか》いを感じ、申し訳なくなる。ここはクロードを助けるべきなのだろうか。でももう危険な真似《まね》はしたくない。クロードに倒《たお》れ込んでしまった時のことを考えると、安易に引き受けようとは思えなかった。

エルが心の中で葛藤《かっとう》を繰《く》り広げていると、クロードがしっかりした声音《こわね》で言った。

「クレア、その話はまた後で考える。一旦《いったん》忘れておけ」

「えーっ、どうして？」

「いいから」

珍《めずら》しく強めに諭《さと》され、クレアは頬を膨《ふく》らませながらも黙《だま》る。

（ひとまず助かったわね……）

しかし、安堵《あんど》したらしたで、先程《さきほど》の衝撃が再び蘇《よみがえ》ってきてしまった。

（そ、それはそうと、殿下に許婚がいることよ）

なんだかよくわからないが、無性《むしょう》に胸の内がモヤモヤする。見ず知らずの許婚とやらが気になって仕方がない。どうしてこんな気持ちになるのかわからないから、さらにエルは困惑させられる。

やがて兄妹の話題が別のものに移っても、エルの頭には全く入ってこなかった。

「ああもう、このモヤモヤは何なの……！」

エルは腕《うで》の中のモフモフした感触《かんしょく》に頬擦《ほおず》りし、苦悶《くもん》の声を上げた。

「はあ、冷静に現実を受け止めないと。……ね、タルト」

そう言って、手触《てざわ》りの良《い》い毛並みを撫《な》でる。

「……おい、エル。お前にはネーミングセンスってものが皆無《かいむ》だよな」

声の主は、柱の陰《かげ》からエルを遠巻きに眺《なが》めていたマリクだった。

「あ、マリクさん。どういう意味ですか？」

「だってどう考えたってそいつにタルトって名前はおかしいだろ⁉　鷹《たか》だぞ⁉　鷹‼」

エルの腕にしっかりと乗っている立派な鷹を指さして、マリクは喚《わめ》いた。鋭《するど》い瞳《ひとみ》と凛々《りり》しい翼《つばさ》を持つその鷹は、パレードの時にエルが指笛で操《あやつ》った鷹だ。祭祀《さいし》用の鷹だったが、エルにずいぶんと懐《なつ》いていたため、祭の後にエルに献上《けんじょう》されたのだ。それでエルは許可をもらい、城の一角で飼育させてもらっているのだった。

「そうでしょうか？　可愛《かわい》くありませんか？」

「いや、可愛いだろ！　可愛いからおかしいんだって！　なんでそんな可愛いとは無縁《むえん》そうな生き物に可愛い名前を付けてんだって話だよ！」

「そういえば、マリクさんは鳥類が苦手なんでしたっけ。だからそう見えるんじゃないですか？　ほら、こんなに可愛いのに」

「鷹だぞ⁉　可愛くはねえだろぉ⁉」

可愛いの見解が合わないエルとマリクに、演習場に集まっていた騎士たちが笑い出す。

「ははは！　無駄《むだ》だってマリク。エルは普通《ふつう》じゃねえからな」

「そらそうだ。なんてったって、常に氷点下の空気を纏《まと》っておられるクロード殿下に対しても、躊躇《ちゆうちよ》せず突撃《とつげき》しに行ける逞《たくま》しさを持ってるからな。鷹なんて可愛いもん……」

しかし、騎士の言葉は途切れ、代わりに「ヒッ」という怯《おび》えた声が聞こえた。

エルが振《ふ》り返ると、クロードが演習場にやってきたところだった。

「で……殿下！　お疲《つか》れさまです！」

非礼を働いたと思ったのか、騎士が一斉《いっせい》に頭を下げる。クロードは何も言わずに演習場を見回し、鷹と戯《たわむ》れるエルに目を留《と》めた。エルは先程の憂《うれ》いごとを振り払《はら》うように、なんとか笑ってみせる。

「殿下、どうなさったのですか？」

「あー、いや……」

珍しく歯切れの悪い返事だった。何だろうと思い、とりあえずタルトを差し出してみる。

「良かったら、殿下もタルトを撫でてみませんか？」

「お前、本当にその名前を付けたのか」

「はい。ペットを飼ったら付けたかった名前の第一候補だったので」

「お前な、そこはペットの種類を考慮《こうりょ》した上で、臨機応変《りんきおうへん》に名付けてやれよ」

呆《あき》れたように言うクロードは、やはり何をするでもなくそこに突《つ》っ立っている。

（……何かご用があって来たのだと思うのだけれど）

だが黙ったままなので、何が望みなのかわからない。その時エルは、気まずそうに顔を歪《ゆが》めながら、彼の目が一瞬《いっしゅん》、騎士たちに向けられたことに気が付いた。

（もしかして、皆さんと交流するためにお越《こ》しになったとか……？）

居づらそうにしながらも立ち去らないのは、そういうことかもしれない。エルはタルトを近くの木に放し、まだ柱の後ろから顔を覗《のぞ》かせているマリクに呼びかけた。

「マリクさん、これから私と手合わせしてくださいませんか？」

「えっ？　お、おう、いいけどよ」

戸惑《とまど》いながらも嬉《うれ》しそうにやって来るマリクに、エルも駆《か》け寄《よ》る。必然的にクロードは一人になるが、やはりその場に留《とど》まっている。そうして少しの間の後、意を決したように、クロードを遠巻きに眺めていた騎士たちに顔を向けた。

「俺も、手合わせをしたい。……誰か、付き合う者はいないか」

えっ、と動揺が走る。騎士たちは顔を見合わせ、慌《あわ》てたように小声で何か囁《ささや》き合った。

「は……はい！　殿下、自分とぜひお手合わせ願います！」

若い騎士が一人進み出た。その後ろから、自分もぜひ、と次々に手が挙がっていく。

クロードはホッとしたように息を吐《は》き、「では頼む」と若い騎士と向かい合った。騎士は緊張《きんちょう》した面持《おもも》ちだが、普段《ふだん》は誰とも手合わせしない王子と剣《けん》を交《まじ》えることが出来る興奮からか、目を輝《かがや》かせていた。よく見ると、周囲の騎士たちも似たような表情だった。

「……嘘だろ。殿下が、俺たちに声をかけてくださるなんて」

マリクがボソッと言い、エルは笑顔《えがお》になる。

「殿下だって、騎士団の一員ですから」

マリクは目を丸くし、若い騎士と対峙《たいじ》しているクロードに目を向け、頷いた。

「……そうか。そうだよな。俺も後でお願いしてこようかな。騎士団長クラスの実力を持つ殿下とは、一度手合わせしてみたかったんだ」

「ぜひ！　私もお二人の手合わせ、見てみたいです」

しばらく皆と手合わせした後、エルは演習場を離《はな》れ、早足で城内を歩いていた。休憩《きゅうけい》を取っていたところ、タルトが急に飛び立ってしまったので追ってきたのだ。

クロードが皆の輪の中にいる光景が嬉しかった。許婚のことで動揺していたが、一時そのことを忘れられるくらい、微笑ましい光景だった。本当はもっと眺めていたかったのだが、タルトを放っておくわけにはいかない。

「確かこっちの方に……、ああ、いた！」

ようやくタルトを見つけるが、かなり遠くまで来てしまっていた。

（ここは……、西の回廊《かいろう》ね）

柱の装飾《そうしょく》に留まっていたタルトに手を伸《の》ばすが、何かの気配を察したかのように顔の向きを変え、またもや翼を広げて飛び立ってしまう。

「もう、タルト。そろそろ戻りましょ――……」

再び駆け出すと、ぎゃあっという声が聞こえた。慌てて回廊の角を曲がると、タルトが男に襲《おそ》い掛《か》かっていた。ローブに鉤爪《かぎづめ》を引っ掛けられた男が、じたばたしながら持っている書類をひっくり返す。

「タルト、やめなさい！」

ピュイ、と指笛を吹《ふ》くと、タルトはさっと飛び立ってエルの肩《かた》に留まった。

「すみません、大丈夫でしたか？」

「あ、ああ……大丈夫だ……」

男は焦《あせ》った様子で、床《ゆか》に散らばった書類や手紙を拾っていく。エルはようやく、その男が誰なのかに気付いた。――例の、クロードと敵対している官僚《かんりょう》の一人だった。

「あの、手伝います」

「い、いやいい！　大丈夫だ！」

鷹に襲われたからとはいえ、妙《みょう》に動揺している様子なのが気になった。エルが手紙を拾おうとすると、ひったくるように奪《うば》い、そのまま走り去ってしまった。

（……どうしてあんなに慌てていたのかしら）

タルトはもうすっかりおとなしくしている。一仕事して満足したかのように。

「あなた、わざとあの人を襲ったの？　どうして？」

もちろんタルトは答えない。そうこうしているうちに、エルを呼ぶ声が聞こえてきた。

「エル、どうした？　急に出て行って、何かあったのか」

「クロード殿下。もう皆さんとの手合わせは終わったのですか？」

「ああ。ある程度剣を交えたので頃合いかなと思ったら、お前が出ていくのが見えたから」

慌ただしく出て行ったから、気にかけてくれたのだろうか。

「黙って出て行ってすみません。この子が急に飛んで行ってしまったので追って来たんです。……心配してくれたのですね」

「べ、別に、そういうわけじゃない」

バツが悪そうにクロードは横を向く。エルは顔が緩《ゆる》むのを抑《おさ》えられなかった。

ほんの些細《ささい》なことだが、自分を気にかけてくれたことがとても嬉しかった。

しかし、そんな気持ちに浸《ひた》っている場合ではない、と思い直す。

「そういえば、殿下。今しがた、気になることが」

「気になること？」

エルは官僚に遭遇《そうぐう》した経緯《けいい》を話した。予想通りクロードは苦い顔になる。

「慌てていた？　また何かやらかすつもりかもしれないな」

「何か情報を引き出せれば良かったのですが、話す間もなく行ってしまったんです。手紙や書類を、私に見られたくなかったように見えました」

エルがクロードの側付《そばづ》き騎士なのは周知の事実だ。当然警戒されているだろう。

「ちらっと手紙は見えたのですが、宛名《あてな》は読めなくて。ユリの花が描《えが》いてありましたけど」

「……ユリの花？」

瞬時《しゅんじ》に、クロードが眉間《みけん》に深く皺《しわ》を寄せた。

「はい。隅《すみ》っこに小さく、円に縁《ふち》どられたユリが。綺麗な模様でした」

「…………まさか」

「え？」

途端《とたん》にクロードは考え込んでしまった。硬《かた》い表情のまま、押《お》し黙る。

「あの、殿下？　ユリの花に何か意味があるのですか？」

顔を覗《のぞ》き込むと、クロードはハッとしたように目を瞬《しばた》かせ、エルを見て——背を向けた。

「……殿下？」

様子がおかしい。無言の背中からは、冷たい圧力を感じた。

「あの、何か……」

「別に、何もない。お前が気にするようなことは一つも」

硬い声だった。思わず、ビクッとしてしまうほど。

「あいつらがコソコソしているのはいつものことだから、お前は忘れていい」

（忘れていい？　どういうこと？）

なんとなく距離《きより》を感じた。急に彼が遠くなったような。

「ああ、それと以前、この件についてお前は協力したいと言っていたが、やはり断る」

「……え？」

突き放すような言い方に、一瞬思考が停止する。

「ど、どうして急にそんなことを仰るのですか。この前は……」

「よく考えた結果、手助けなど必要ないと思ったからだ」

振り返らないままのクロードの表情は読めない。そんな風に一方的に宣告されても、わかりましたと退くわけにはいかなかった。

「……納得《なっとく》出来ません」

「お前が納得しようがしまいが関係ない。俺が必要ないと言っているんだから、もう首を突っ込もうとするな」

「嫌《いや》です！」

思わず声を荒《あら》らげてしまった。クロードの肩がピクリと動く。

「……これは命令だ」

「納得出来る理由をお話しいただけないのなら、その命令には従えません」

「言うことを聞け！」

やっと振り向いたクロードは、エルよりも辛《つら》そうな顔をしていた。

（どうしてそんな顔をするの？　どうしてそんな……泣きそうな顔をしているの？）

唇《くちびる》を嚙《か》みながら震《ふる》えを堪《こら》えるエルを、クロードは一瞥《いちべつ》して吐き捨てた。

「……言うことを聞けないなら、お前はもういらない。側付き役は本日付けで解雇《かいこ》だ」

突然《とつぜん》何が起きたのかわからなくて、エルはしばらく呆然と突っ立っていた。

（…どうして？）

だいぶ近付けたと思っていた矢先の、ハッキリとした拒絶《きょぜつ》の言葉だった。

(……いらないって、言われてしまった)

悲しくて苦しくて、胸が張《は》り裂《さ》けそうだ。気付いた時には、次から次へと涙《なみだ》が溢《あふ》れ出てきていた。

「……ふっ、うぅっ……」

辛い。どうしてこんなに、辛いのだろう。

いや、その理由はわかっていた。

(私は、殿下に必要とされたかったのよ)

彼のことを特別だと思うから、自分も彼の特別になりたかった。

——そうだ。いつの間にか、エルの中でクロードは、特別な存在になっていたのだ。

不器用にしか他人と接することが出来ないところも、実は優《やさ》しくて穏やかな表情を見せてくれるところも、たまに見せてくれる無邪気《むじゃき》な笑顔も。

いろんな彼を知っていくうちに惹《ひ》かれていった。次はどんな顔を見せてくれるんだろうと、目が離せない存在になっていた。いつも側で彼を見ていたいと思うようになっていた。

——それは、大好きな兄弟にも抱《いだ》いたことのない、特別な感情だった。

嘘をつくことに罪悪感を抱きながらも、側にいたい想いが勝るほどの、強い気持ち。

なのに、突き放されてしまった。必要ないのだと言われてしまった。

それだけではない。知ったばかりの許婚の存在も、エルの心に重くのしかかっていた。

（だって、男である今の私では……何も出来ない）

異性として惹かれていることを理解すると同時に、その事実にも気付いてしまったのだ。

ここにいるのがエルセリーヌだったら、何か出来ただろうか。

（……いえ、そんなはずないわ。私はエルヴィンだから、今ここにいられるのよ）

しかし、そのエルヴィンとしての存在意義も見失い始めている。――いらないと言われてしまったのだから。

（私は、どうするのが正解なのかしら。……私は、何をしたいのかしら）

頭がこんがらがって、考えがまとまらない。感情のままに叫《さけ》び出したい衝動《しょうどう》に駆られる。

ただ一つだけわかっていることは、クロードに明確な拒絶をされたということだけ。

その事実だけが、エルの胸に鉛《なまり》のように沈《しず》んでいった。


「おい、どうした？　最近浮《う》かない顔してんな」

詰所《つめしょ》の隅で黙々《もくもく》と鎧《よろい》を磨《みが》いていると、マリクが声をかけてきた。

「……そんなことないですよ」

「お前なぁ、嘘つくの下手なんだから誤魔化《ごまか》すなよ」

マリクはそう言って隣《となり》に座《すわ》る。エルは作り笑いをやめて、目を伏《ふ》せた。

「……はい、落ち込んでいます」

「何があったんだよ。……クロード殿下絡《がら》みか？」

「なっ、なんでわかるんですか？」

図星か、と呆れたようにマリクは溜《た》め息を吐《つ》く。

「見てたらわかるっつーの。いつもヘラヘラしながら殿下に付いて回ってるくせに、この二、三日なんだかよそよそしいだろ。喧嘩《けんか》でもしたのか？」

そんなにわかりやすかっただろうか。側付きを解雇されたのだから、やたらめったに近付かないようにはしていた。あれから三日経《た》ち、クロードもエルを遠ざけていてまともに口をきいていないので、周囲の者が不審《ふしん》に思っても仕方がないかもしれないが。

「……側付きを辞《や》めさせられてしまいました」

「ふーんそっか。……って、ええっ⁉」

マリクが驚きのあまり、後ろの壁《かべ》に後頭部を強打した。

「いってぇ！　……じゃなくて、何があったんだよ⁉　信じらんねぇ」

「……私が、怒《おこ》らせてしまったんです」

「いやいや、そんなの初日から怒らせてただろ」

「えっ」

「あーいや、殿下は割といつも怒っておられるけど、それでもお前とは上手くやってただろ。それが急にそんなことになるなんて、よっぽど何かあったんだな」

そうだ。余程のことがあったのだ。だからクロードは、急に態度を変えたのだ。

(でも、それがなぜなのかはわからない)

もう訊いたって答えてくれないだろう。だからエルは進むことが出来ない。

しゅんとして鎧を弄《いじ》っていると、マリクがバシッと背中を叩《たた》いた。

「俺はさ、殿下を変えたのはお前だと思ってるから」

「……殿下を、変えた？」

「ああ。今までの殿下は、俺たちと手合わせしようなんて言い出す方じゃなかった。というか話しかけてくださることもなかった。いつも一人で黙々と任務をこなす方だったから」

でも、とマリクは続ける。

「エルが来てから変わったよな。お前の真っ直ぐなところとか、物怖《ものお》じせず絡んでくるところに絆《ほだ》されたのかな。なんていうか、空気が柔《やわ》らかくなったと思う」

「……そうでしょうか」

「そうだよ。だからさ、何があったのか知らねぇけど、殿下も何かお考えがあってのことなんじゃねぇか？　お前には、誰よりも心を開いてるように見えたから。そんな存在を無《む》下《げ》にはしないと思う」

マリクの言葉が胸に染《し》み渡《わた》る。泣きそうになるのをエルは必死に堪えた。

「私……、もうちょっと冷静に考えてみますね。落ち込んでばかりではいられませんから」

「おお。お前はいつもみたいに、能天気すぎるくらいヘラヘラしててくれた方が、みんなだって安心すると思うぞ」

マリクがニカッと笑う。エルもつられて、今度は作り笑いではない笑《え》みを返した。

鎧の整備を済ませたエルは、中庭を歩くことにした。今日の騎士団の訓練は午後からで、クロードに言いつけられる雑用がない今は、手が空いているのだ。

クロードに会いに行くべきかと考えていると、大量の布を抱えたメイドがフラフラと歩いてくるのが目に入った。危なっかしい足取りが心配になったエルは、声をかける。

「大丈夫ですか？　よろしければ、お運びするのを手伝います」

メイドはエルを見て「きゃあっ、エル様！」と飛び上がり、真っ赤な顔でコクコクと頷きながら、エルの申し出を受け入れた。彼女が持っていた布を半分受け取り、付いていく。

辿《たど》り着いた部屋では、三十人ほどのメイドが集まって縫製《ほうせい》作業をしていた。エルが入っていくと黄色い歓声《かんせい》が広がり、どういうわけか大歓迎《だいかんげい》された。初めて見る仕事の光景に興味を持ったエルは、少しだけ見学させてもらうことにした。

「すごく細かい作業をされているんですね。これは……旗《はた》ですか？」

「ええ、建国式典が明日に迫《せま》ってますでしょう？　これはその時に使用する旗なので、急いで仕上げの刺繍《ししゅう》を進めているところなんですよ」

「何を刺繍しているのですか？」

「王族の皆様の紋章《もんしょう》です。皆様固有の紋章をお持ちなので、それらを刺繍していくのです」

それぞれに紋章があるとは知らなかった。なるほど、と旗に縫《ぬ》われた緻密《ちみつ》で繊細《せんさい》な模様を、エルは興味深く眺める。

（あら？　この模様は……）

刺繍が完了《かんりょう》した旗の一部が見えた時、エルの心臓がドクンと大きな音を立てた。

あの時、官僚が持っていた手紙に描かれていたものと、同じ模様だった。

「ユリの花……」

（どうしてこれが、ここに……）

嫌な胸騒《むなさわ》ぎに、エルは震える手でその旗に触《ふ》れた。

「あら、それは王妃陛下の紋章ですわね」

「――……王妃陛下？」

「ええ。マデリーン第一王妃陛下のものです」

「えっ……」

予期せぬ答えに身体《からだ》が固まった。目の前のユリの紋章を、穴が空くほど見つめてしまう。

(マデリーン王妃……？　どういうこと？　どうして王妃様の紋章が、あの官僚が持っていた手紙に？)

落ち着いて、と頭の中で整理する。彼女は王妃だ。官僚と連絡《れんらく》を取っていたって、おかしいことなんてないではないか。

けれど、そう納得して片付けるには難しい、気になる点がいくつかあった。

あの紋章入りの手紙をエルが触《さわ》ろうとした時の、官僚の動揺っぷり。そのことを伝えた時のクロードの様子。――それに、マデリーンは国政に関わることがないとクロードは言っていた。そんな彼女が官僚と連絡を取っているのは、クロードにとって不可思議なことだったのではないだろうか？　だから思い詰《つ》めたような顔をしていたのではないか？

確証はない。けれど、無視出来る問題でもなかった。

(……確かめないと)

そう思った時にはもう、エルは部屋を飛び出していた。

問題の官僚の部屋に辿り着くのは、難しくなかった。すでに親しくなっている使用人たちに声をかければ、皆快《こころよ》く教えてくれたからだ。何しろエルは、クロードの側付きとして雑用を任されていたことを知られているので、彼らは「また何か言い付けられてるのかな」といった反応で、特に事情を聞くこともなく答えてくれた。

ついでに仕入れた情報によると、官僚たちは今、別棟《べつむね》で会議中らしい。

（部屋の中には誰もいなそう。鍵《かぎ》は……やっぱりかかっているわよね）

目的はもちろん、あの手紙を確認《かくにん》することだ。

エルは、マデリーンの潔白《けっぱく》を証明したかった。

（王妃様が不正を働いている官僚と繋《つな》がっているなんて、とても思えないもの）

善良で、とても寂《さび》しげな王妃。第一王妃でありながら、堂々と表舞台《おもてぶたい》に立つことが出来ない悲しい身の上。そして、エルにいつも優しい言葉をかけてくれる人。

エルは彼女を信じている。だからあの手紙の中身を読んで、マデリーンが不正とは何の関わりもないことを証明したい。少なくとも、クロードは疑っているに違いないから。

（部屋の主《あるじ》が戻ってくる気配はないし、周りも誰もいない。……そうと決まれば）

エルは、ポケットからヘアピンを取り出した。

（〝もしもの時の解錠術《かいじょうじゅつ》〟を学んでいて良かったわ……！）

また一つ、役に立つと思っていなかった技《わざ》の出番がきたことに喜びながら、器用に手先を動かしていく。少しして、カチャリという音と共に解錠された。

（すみません、お邪魔《じゃま》しますね）

一応心の中で詫《わ》びてから入室する。早速《さっそく》例の手紙を探そうと、必死に目を凝《こ》らす。

（えっと、確か水色の封筒《ふうとう》だったはず……）

しかしなかなか見つからない。厳重に保管されているのだろうと思うが、見つからなければ見つからないほど、あの手紙には人に知られたくない内容が書かれているのか、と疑いが強まってしまう。――マデリーンの紋章が捺《お》された、あの手紙に。

引き出しという引き出しを開け、それでも見つからずに続きの部屋の書棚《しょだな》も探し始める。いよいよ焦り始めた頃、分厚い本の隙間《すきま》に水色の封筒の端《はし》が覗いているのが見えた。

（……あったわ）

引っ張り出してみると、隅にユリが描かれた紋章が捺されている。エルの記憶《きおく》通りだ。そして、先程見た旗に刺繍された模様とも同じだった。

本の間から慎重《しんちょう》に引き抜《ぬ》こうとした時、続きの部屋の外から足音が聞こえてきた。

（まさか、戻って来た⁉）

慌てて封筒を元に戻して離れる。人の気配は扉《とびら》のすぐ外まで近付いて来ていた。

（足音からして、複数だわ。ど、どうしましょう！　この扉を開けられたら――……）

パニックになっていると、急にグイっと腕を引っ張られた。思わず上げかけた悲鳴を飲み込んだのは、耳元で聞こえた「静かに」と言った声に、聞き覚えがあったからだ。

（ク、クロード殿下……⁉）

クロードはエルの口を押さえたまま、二人の身体を書棚の間の小さな隙間に隠《かく》した。

耳元で感じる息遣《いきづか》いと、背中に感じる逞しい身体。その内側で脈打つ力強い鼓動《こどう》に、自

分の鼓動がさらに喧《やかま》しく騒《さわ》ぎ出したのを感じていると、二人の男が部屋に入って来てエルの意識はそちらに向いた。部屋の主である、例の官僚たちだ。

「なんだ、誰もいないじゃないか。お前が鍵をかけ忘れたのではないか?」

「おかしいな、確かにかけたと思ったんだがなぁ」

「しっかりしてくれよ。明日は大事な取引があるんだ。王妃様の前で失態なんてするなよ」

「わかってるさ。王妃様にお渡しする金の準備はもう済んでいるし、抜かりない」

「なら良い。それじゃ、私らも確認しに行くとするか」

ボソボソと聞こえた声は、やがて去っていった。部屋に静寂《せいじゃく》が満ちる。

エルは、先程とは違う意味でドクドク鳴る鼓動を感じながら、あまりのショックで動けないでいた。

(今の会話は、間違いなく——……例の、お金の取引の話)

王妃様、と言っていた。隠すように、マデリーンの紋章入りの手紙もあった。ということは、マデリーンが彼らと共謀《きょうぼう》していることは、ほぼ間違いないということだろう。

クロードが息を吐き、エルはようやくクロードに抱き寄せられていたことに気付いた。

「あっ……！　も、申し訳ありません、殿下……」

「謝罪はいい。まずはここを出るぞ」

手短に言うクロードと共に、窓から外に出る。二階だったため、飛び降りるのに問題はなかった。

庭に下り立ち、人気《ひとけ》のない木陰《こかげ》に移動する。二人ともずっと無言だった。

エルは必死に頭の中を整理し、まず最初に浮かんだ疑問を口にした。

「あの……どうして殿下がここに……」

「お前があの部屋に入っていくのが見えた。しばらく様子を見ようと思ったら、あいつらが戻ってくるのが見えたから、俺もあの部屋に入ったんだ」

「そう……だったんですか」

それでエルを助けてくれたのだ。自分だって見つかるかもしれない危険を冒《おか》しながら。

「官僚たちの件にはもう関わるなと言っただろう。どうしてあそこへ入ったんだ？」

「マデリーン王妃様の紋章が、あのユリの柄《がら》だと知ったんです。だから私、確かめたくて……。王妃様は……関係ないって……」

どんどん自分の声が震えていくのがわかった。クロードは厳しい表情をしながらも、黙って耳を傾《かたむ》けてくれていた。

「ど、どうして王妃様が……。いつも優しくて、私を励《はげ》ましてくれたりもして……。それなのに、あの人たちと一緒に、悪いことを……」

信じていたのに。そう吐き出すと共に、涙が零《こぼ》れ落ちた。

クロードの前で女々《めめ》しいところを見せてはいけない、そう思いながらも、止めることが出来なかった。

クロードは、そんなエルの頭をそっと引き寄せ、ふわりと撫でた。

「お前が王妃を慕《した》っているのは知っている。俺はお前のように親しくしていないが、それでもあの人が関わっていた事実に衝撃を受けている。……だから、お前が悲しいと感じているのも、わからなくはない」

クロードは慎重に言葉を選んでいるようで、彼なりに励まそうとしてくれているのだと感じた。その声があまりにも優しく響《ひび》き、エルはギュッとクロードの袖《そで》を掴《つか》む。

「すみません……。こんな、みっともない……」

「いい。気にするな」

気遣うように頭を撫でる手の温かさが、胸の内に優しく溶《と》け込んでゆく。もっとこうしていたい、そう思わせるような心地《ここち》良さだった。

少しの間そのままじっとしていたが、落ち着いてくると共にクロードに引っ付いている体勢であることに気付き、エルは慌てて身体を離した。

「あ、あああの、ありがとうございました！　助けてくださって！」

ずいぶん大胆《だいたん》なことをしてしまったことへの恥《は》ずかしさと、男としてはあるまじき行動だったのではないかという焦りで、顔をまともに見られず俯《うつむ》く。

それに加え、先日言い合いになったことも思い出してしまい、気まずいことこの上ない。

「……私、馬鹿《ばか》ですね。あんなに止められていたのに、危ないことをして。殿下が来てくださらなかったら、どうなっていたことか」

努めて明るく言おうとするが、逆に不自然だったかもしれない。でもしんみりしていると、気まずさがどんどん募《つの》っていくのだった。

「こんな風に、ご迷惑《めいわく》をおかけして。殿下の仰る通り、おとなしくしているべきでした」

「迷惑ではない」

思いがけず、力強い返事だった。

「……いや、だからその……。この前は、きつい言い方をしてすまなかった」

「……え？」

「そうしてお前を遠ざけるのが一番だと思ったんだ。俺にとっても予想外の大物が、裏にいるとわかったから。……お前を巻き込みたくなかっただけなんだ」

目を逸《そ》らせないほどの力強い瞳で見つめられ、息を呑《の》む。

「私を……」

あの日、辛そうにしながらも冷たく突き放された時のことは、鮮明《せんめい》に覚えている。

（あの表情の理由は、そういうことだったの……）

エルを想ってくれたからこその態度だった。そう考えると、色々な想いが込み上げてきて、胸が熱くなっていく。

（この人は、いつも誰かのことを想って行動しているのだわ）

自分が憎《にく》まれ役になってでも。今回のことだけでなく、官僚たちと対立しているのも、民《たみ》のためなのだから。一見わかりにくいけれど、誰よりも思い遣《や》りに溢れている人なのだ。

ならエルも、そんな彼を守りたい。そう強く思った。

「殿下は私を、守ろうとしてくれたのですね」

「……そんなかっこいいもんじゃない」

「いいえ、かっこいいです」

即答《そくとう》すると、クロードが噎《む》せた。

「なっ……、何言ってるんだ、お前は……」

「私の素直な気持ちです。殿下のお側にいられることを、私は誇《ほこ》りに思います」

心のままに微笑むと、クロードは感慨《かんがい》深そうにエルをじっと見た。

一方エルは、深呼吸してから自分の両頬《りようほお》を思いっきり叩いた。

「おい⁉ 何し……」

「気合いを入れたのです！」

「気合い？」

唐突《とうとつ》なエルの行動に戸惑うクロードを、スッキリとした表情で見つめ返す。

「殿下、私はやっぱり諦《あきら》めないことにしました。あなたのお手伝いをさせてください」

「……だから言っただろう。それは……」

「殿下が私のことを想ってくださったように、私も殿下のことを想っているのです。あなたが守りたいと思っているものを、私も一緒に守りたいのです」

曇《くも》りないライトブルーの瞳で見つめるエルを、クロードの瑠璃《るり》色の瞳が見つめ返す。エルの覚悟《かくご》を窺《うかが》うように、じっと。

「止めても無駄ですよ。殿下も仰ったじゃないですか。私が頑固《がんこ》者だって」

その言葉に、クロードは力が抜けたように笑った。

「……ああもう、わかったよ。こんな風に何をしでかすかわからなくて、お前は俺が見張っててやらないと駄目だって、思い知ったところだしな」

ぱあっと顔を輝かせたエルに、クロードは今一度表情を引き締《し》めた。

「相手は第一王妃だぞ。この国二番目の権力者だ」

「心得ています。相手が権力者だからこそ、手は慎重に打たねばならないでしょう？　でも、私だから出来ることがあると思うのです。いいえ、私にしか出来ないことです」

「……何を考えている？」

「――私、女の人になります！」

第六章 ✦ 騎士たちの決意

コツ、とヒールを響《ひび》かせてエルが入室すると、騎士たちはおおっと歓声《かんせい》を上げた。

「うわぁ、お前本当にエルか!? どっからどう見ても姫君《ひめぎみ》にしか見えないぞ!」

驚愕《きょうがく》の表情を向ける彼《かれ》らに、エルはニッコリと微笑《ほほえ》み返す。それに対し、騎士たちにさらにどよめきが広がる。

本日は建国式典当日。エルは綺麗《きれい》にカールされた金髪《きんぱつ》のカツラに、淡《あわ》いブルーの上品なドレスという女性の盛装《せいそう》をして、式典の開始を待っていた。

昨日クロードに提案した内容は、彼のパートナー役として出席するというものだった。

マデリーンは普段《ふだん》公《おおやけ》の場に姿を見せないが、建国式典にだけは出席するという。もし何らかの取引が行われるなら、せっかく人目につく場所に出て来てくれるのだ、見張っておいた方がいいだろう。けれど、普段の騎士の格好で周囲をうろついていたら、不審《ふしん》に思われるかもしれない。それなら出席者に紛《まぎ》れてしまえばいいのでは、と思ったのだ。

クロードは最初は却下《きゃっか》したが、エルの強い推《お》しに根負けし、なんとか承諾《しょうだく》してくれた。

ちなみに騎士たちに対しては、パートナー役である公爵令嬢《こうしゃくれいじょう》に扮《ふん》するため女装している、ということにしてある。

「ああ、でもやっぱり胸元《むなもと》を見るとエルだって思うよな。ほんと残念だ」

相変わらず質素な胸元に対する暴言はグサリと刺《さ》さるが、このおかげで本当に女なのだとバレずに済んでいるので、苦情を言いたい気持ちを飲み込《こ》む。

「おいマリク、何してんだよ。そんな隅《すみ》っこで」

先輩《せんぱい》騎士の声でエルが詰所《つめしょ》の隅を見ると、マリクが両手で顔を覆《おお》って座《すわ》り込んでいた。

「お、俺《おれ》のことは気にしないでくれぇ！　今は何も見たくない！」

「見ろよ、マリクのやつ、エルが完璧《かんぺき》に姫君の格好してるから恥《は》ずかしがってるんだぜ」

からかう先輩たちに、マリクが「うるさいですよ！」と喚《わめ》き散らす。

そこに、純白の衣装《いしょう》と真紅《しんく》のマントを纏《まと》い、同じく盛装したクロードが現れた。騎士たちがピシッと敬礼し、声を張《は》り上げる。

「殿下《でんか》、本日はよろしくお願いいたします！」

「ああ、警備の方はよろしく頼《たの》む」

「はい！」と返す騎士たちとクロードの間には、以前のような張り詰《つ》めた緊張《きんちょう》感はない。

この数日で変化した空気に思わず頬《ほお》を緩《ゆる》めていると、部屋の奥《おく》にいるエルとクロードの目が合った。

「…………っ」

「あ、あの、殿下、いかがでしょうか」

クロードは心底驚《おどろ》いたように、エルの全身を眺《なが》め、ぱちぱちと瞬《まばた》きをしていた。

(……もしかして、気合いを入れすぎたかしら)

反応がないので心配になり始めていると、彼はゆっくりと近付いて来て囁《ささや》いた。

「……上出来だ」

心なしか照れているように見えたのは、気のせいだろうか。

(いえ、そんなわけないわよね。殿下は私を男だと思っているもの)

すっかりそう信じているエルは、クロードが落ち着かなげに見えるのは、この後のことを考えて俄《にわ》かに緊張しているからだろう、と思った。だからふいっと目を逸《そ》らされたのも、彼がエルのドレスアップした姿を直視出来なかったからだなんて、微塵《みじん》も思わなかった。

「……なるほど、マリクが蹲《うずくま》ってるのは、こいつのせいということか」

クロードの指摘《してき》に、周囲がまたどっと笑いに包まれる。

「ほ、放っておいてください……!」

皆《みな》の意識がマリクに向かう。その隙《すき》に、エルはちらりとクロードを盗《ぬす》み見た。

盛装している彼の姿は、いつもより一段と凛々《りり》しく見える。胸がドキドキするのを感じながらも、「これは任務、これは任務」とエルは心の中で繰《く》り返す。

(私は今日は殿下のパートナー役なのよ。余計なことを考えては駄目《だめ》)

だが、パートナーという言葉を意識した時、例の許婚《いいなずけ》のことを思い出してしまった。

（こ、こんな時に……っ）

許婚の存在を知って以降、事あるごとにそのことが頭を過《よぎ》ってしまうのが、エルのここ最近の悩《なや》みだった。しかし、エルは集中しなきゃ、と姿勢を正す。

（今はまず目の前のことに目を向けるのよ。許婚のことを考えるのは……その後だわ）

男として、自分には今やれることがあるのだから。そう自分を叱咤《しった》していると、クロードが顔を近付け、そっと耳打ちした。

「いいか、くれぐれも一人で突《つ》っ走ろうとするなよ。マデリーン王妃《おうひ》は特別に私兵を抱《かか》えることを許されている。妙《みょう》なやつらがいたら近付くな」

「わかっています。気付いたことがあったら、ちゃんと殿下にご報告します」

「そうしてくれ。……大丈夫《だいじょうぶ》だ、お前のことは、必ず俺が守るから」

最後の言葉に、トクンと胸が鳴った。

（い、今のは仲間に向かっての言葉よ。か、勘違《かんちが》いしちゃ駄目なんだから）

それでも嬉《うれ》しいとはにかんだエルは、恋《こい》する少女に見えただろう。

その姿は、クロードの瞳《ひとみ》にしか映っていなかった。

式典の会場となる大広間は、エルが初めて足を踏《ふ》み入れる場所だった。クロードの腕《うで》に手を添《そ》えて入場しながら、窺《うかが》うように辺りを見回す。

（リトリアの王城でもよく夜会は開かれていたけれど、あまり出席したことがないのよね）

マナーとして最低限のことは教え込まれているが、特に国外の賓客《ひんきゃく》が訪《おとず》れるような公式な場には、成長するにつれ出席しなくなっていた。兄弟がなぜか拒《こば》んだからである。

（そういえば、どうしていつも出席しては駄目だと言われていたのかしら）

近隣《きんりん》諸国の王侯《おうこう》貴族の子息に見初《みそ》められるのを防ぐため、兄弟たちが手を組んでいたことなど知らないエルは、純粋《じゅんすい》に疑問に思った。

そうこうしているうちに、出席者たちは次々と大広間に入場してくる。

「エル！　お兄様！」

手を振《ふ》ってぴょんぴょん跳《は》ねているのはクレアだ。同じ年頃《としごろ》の親族の少年にエスコートされていたクレアは、いつもよりもフリルが多めのドレスの裾《すそ》を揺《ゆ》らし、近寄って来る。

「ご機嫌《きげん》いかがですか、クレア姫様」

「最高よ！　もう、思ってた以上に素敵《すてき》だわ、エル!!」

うっとりとエルに見惚《みと》れているのは、クレアだけではなかった。クレアのパートナーの少年や、近くの賓客たちもエルを見ていた。

（えっ、なんだかすごく見られているような……？）

そんな人々の視線を遮《さえぎ》るように、クロードがエルの腰《こし》をスッと引き寄せた。思わぬところに触《ふ》れられて挙動《きょどう》不審になるエルを隠《かく》すように、クロードが前に進み出る。

「クレア、話は後でしよう。俺たちはちょっと用があるから」

「まあ、そうなのね。ええ、後でたくさんお話ししましょう！」

エルはクロードに連れられ、壁《かべ》の方に向かって歩き出した。

「どこに行っても目立つな、お前は」

「すみません……。もうちょっと地味な色のドレスにするべきだったでしょうか」

「いや、ドレスの色のせいじゃない。……自覚がないのも本当に恐《おそ》ろしいな」

「え？」

エルは聞き返そうとしたが、いつになく硬《かた》い表情のコーディーが、出来る限りの早足で近付いてくるのが見えて口を閉じた。

（珍《めずら》しく焦《あせ》っているようだわ。どうしたのかしら）

彼にも今日の計画の詳細《しょうさい》は話していない。他の騎士たちと同様、エルはただクロードのパートナー役をしているだけだと思っているはずなので、何を焦っているのだろう。

「殿下、ご機嫌麗《うるわ》しく。エル、いい感じだ。見事に化けてるぞ！」

表面的な挨拶《あいさつ》をしたコーディーは、クロードが近くの貴族に話しかけられた隙を見計らって、早口に告げた。

「エル、まずい。昨夜遅《おそ》くに早馬《はやうま》で連絡《れんらく》が届いてたらしいんだ。俺も今知ったばかりでさ」

「早馬？　何かあったの？」

「だからさ、今日ここに来ておられるんだよ！　あの方が――……」

しかしコーディーの声は、会場に広がった拍手《はくしゅ》にかき消され、最後まで聞こえなかった。

(国王陛下と――……マデリーン王妃陛下)

初めて姿を拝見する国王の後ろから、マデリーンがしずしずと歩いてくる。

星のない夜空を縫《ぬ》い取ったかのような深い藍色《あいいろ》のドレスは、彼女《かのじょ》の白銀の髪《かみ》をよりいっそう引き立て、いつも以上に幻想《げんそう》的な雰囲気《ふんいき》を醸《かも》し出している。精巧《せいこう》な人形のように思わせるほっそりとした身体《からだ》に、美しくも儚《はかな》げな表情は、いつものマデリーンだ。

出席者から感嘆《かんたん》の溜《た》め息が漏《も》れる中、エルの胸中《きょうちゅう》は複雑だった。

(……やっぱり、王妃様が不正に関わっているなんて信じられない)

賓客たちの拍手に包まれ、国王と第一王妃が玉座《ぎょくざ》に座《すわ》る。それを合図に式典が始まった。

厳粛《げんしゅく》な雰囲気で進められた式典は、徐々《じょじょ》に歓談《かんだん》を楽しむ時間に切り替《か》わっていった。

クロードは先程《さきほど》から、王侯貴族の面々にひっきりなしに話しかけられている。嫌々《いやいや》対応しているのが伝わってくるクロードから離《はな》れ、エルはマデリーンの近くに行ってみることにした。というのも、例の官僚《かんりょう》たちがマデリーンの近くにいるのが見えたからだ。

（ここで何か接触《せっしょく》があったりするかしら）

クロードに目で合図し、歩き出す。

（そういえばさっき、コーディーが何か言いかけていたわよね）

式が始まったため彼は持ち場に戻《もど》ってしまい、結局聞けずじまいになってしまった。

（誰《だれ》かが来ている、みたいなことを言っていたけれど――……）

だが、マデリーンの近くに着いたので、考えることを取りやめた。エルは今のところ、さる公爵家の令嬢として違和感《いわかん》なく溶《と》け込めているようで、周囲から不審がられている様子はない。耳を澄《す》まし、マデリーンと近くの貴族の会話を聞き取る。

「王妃陛下は相変わらずお若いですなぁ。最後にお会いした一年前と何らお変わりない」

「そんなことありませんわ。最近は特に身体の不調を感じることが多いですし」

「おや、そう言われてみれば、顔色があまりよろしくないですな」

「こんなに大勢の人がいる場は、一年ぶりですから。少し緊張しているみたいですわね」

「それはいけない。マデリーン、無理をせず、部屋で休んできて良いのだぞ」

隣《となり》から声をかけたのは国王陛下だ。心配そうにマデリーンを見ている。

「……では、お言葉に甘《あま》えて。申し訳ありません、失礼いたします」

(あっ、もう行ってしまう!)

退出するマデリーンを追いかけようとしたが、その時エルは鋭《するど》く刺さるような視線を感じ、振り向いた。

その先には金髪の貴公子がいて、グレーの瞳をこれでもかというほど真ん丸に開き、エルを見つめていた。口を大きく開き、わなわなと震《ふる》え出したその青年は——エルのよく見知った人だった。

(ア、アルバートお兄様っっっ⁉)

まさかの人物の姿に、エルは思いっきり顔を背《そむ》けてしまった。

そんな馬鹿《ばか》な。いや、見間違えるはずがない。今のはどこからどう見ても、エルの一番上の兄、アルバートの姿だった。

背を向けてはいても、兄が自分の方にものすごい勢いで近付いてくる気配を感じる。

エルも不自然にならないよう、全力の早足でその場を離れる。

(ど、どうしてお兄様が——⁉　ああっ、もしかしてコーディーが言いかけていたのは、このことだったのね⁉)

近隣諸国の王も招待されるこの式典、当然アルバートが出席することは予想されていた。けれど、早い段階で欠席する旨《むね》の返事が届いていたはずだ。エルのことでバタバタしていて気が回らないのかも、と少々罪悪感もありつつ、安心していたというのに。やはり一国の王としては出席するべきだと、予定を変更《へんこう》したのだろうか。

(早馬で連絡って、このことだったのね。とにかく逃《に》げないと……！　ここで連れ戻されたら、今までやってきたことが全部水の泡《あわ》になってしまうわ)

何事もない風を装《よそお》いながら、なんとか大広間から抜《ぬ》け出す。そして廊下《ろうか》に一歩踏み出すと同時に、ドレスの裾を持ち上げて全速力で走り出した。

(ごめんなさいお兄様、私はまだ捕《つか》まるわけには——……！)

しかし、エル溺愛《できあい》隊筆頭の実力と執念《しゅうねん》は、伊達《だて》ではなかった。

「エル——————っっっっ!!」

人のいない廊下に絶叫《ぜっきょう》がこだまし、あっという間にエルはガシッと腕を掴《つか》まれていた。そのまま振り向かされ、額がくっつくほど顔を近付けて覗《のぞ》き込まれる。

「あぁぁ、エル！　お前なんだな！　我が愛《いと》しの妹よ!!　どうしてこんなところに……っ、し、心配したんだぞぉぉぉぉぉぉぉ!!」

エルを抱《だ》きしめたアルバートは、わっと泣き出してしまった。あまりの迫力《はくりょく》にエルは言葉を失い、されるがまま立ち尽《つ》くしてしまう。

「お、お前がっ、あんな手紙を残してっ、いなくなってしまって……！　私は、生きた心地《ここち》がしなかった……！　弟たちもだっ、みんな、お前がいなくなって、毎日が、潤《うるお》いを失った、砂漠《さばく》のような日々だった……!!」

「ご、ごめんなさい、お兄様」

目の前のアルバートや残りの兄弟たちのことを想《おも》い、エルは胸が痛くなった。

（こんなに感情的になっているアルバートお兄様は初めて見るわ……。それだけ心配させてしまったのよね。ああ……なんてこと）

アルバートの涙《なみだ》やら鼻水やらでドレスがぐちゃぐちゃになっていたが、エルは泣き縋《すが》る兄を突き放すことが出来なかった。

「お兄様、心配をかけたことは謝《あやま》ります。でもわかってください。私がこの国へ来たのは、お兄様たちとリトリアのためなのです。ですから、心苦しいですが離してください……！」

「嫌だぁぁぁぁそんなこと言わないでくれエルぅぅぅぅ!!」

ますます強くしがみつくアルバートに途方《とほう》に暮れていると、誰かが廊下の角を曲がって走ってきた。クロードだ。

「エル！　どうした！」

「殿下……！」

「急に出ていくのが見えたからどうしたのかと……。おい、お前！　そいつを離せ！」

剣《けん》を抜こうとしたクロードだが、振り返った泣き顔の男を見て、慌《あわ》てて一歩引いた。

「え……？　あなたは……リトリアの国王では？」

「お、お前は……、オリベールの王太子!!」

アルバートが突然《とつぜん》、親の仇《かたき》を睨《にら》むような形相《ぎょうそう》になった。エルが初めて見る顔だった。

「……そうか、お前が仕組んだのだな!? 私たちがいつまでも要求を呑《の》まない腹いせか？　エルを唆《そそのか》して私たちの元から引き離そうと……、ええい、剣を抜け！　決闘《けっとう》だ!!」

「な、何を言ってるんですか!?」

今度はアルバートが剣を抜こうとし、エルは慌ててその手を抑《おさ》えた。要求だの唆すだの言っている意味がわからなかったが、クロードも同じような表情でこちらを見ていた。

「あなたが何を言いたいのかよくわかりませんが、そいつは返してもらえますか」

「そいつぅぅ!?　き、貴様、私のエルになんて口のきき方を……！」

「私のエル？」

クロードの眉《まゆ》がピクリと動いた。エルも内心でギクリとした。

「そうだぞ、この大陸一愛らしい姫はリトリア王国の宝であり、私にとっても命より大切な宝……！　我が最愛の妹、エルセリーヌになんてことを!!」

「やめてくださいお兄様────っ!!」

あ、と気付いた時にはもう遅《おそ》かった。

クロードが、今までに見たことがないような呆《ほう》けた顔をして、エルとアルバートを交互《こうご》に見ていた。そして、信じられないといった様子で口を開く。

「……妹？　リトリアの……、エルセリーヌ姫……？」

（バ、バレてしまった――――!!）

さあっと血の気《け》が引くのがわかった。半分は自分のせいでもあるが、つられて言う羽目になってしまったので、つい兄を恨《うら》みたい気持ちになってしまう。

真《ま》っ青《さお》になって黙《だま》り込むエルには気付かずに、アルバートは今度こそ剣を抜いて構える。

「今更《いまさら》何を言っているのだ！　私のエルを誑《たぶら》かしておきながら、よくもそんな……！　なんと許しがたい！　エルは即刻《そっこく》連れ帰らせてもらうぞ！」

「俺には、そいつが嫌がっているように見えましたが」

「貴様に何がわかる！　私たちは血の繋《つな》がった兄妹《きょうだい》なのだぞ！　エルだって本当は国に帰りたいに決まっている!!」

「断ります。そいつにはまだこの国にいてもらいたいので」

そう言って、エルを見る。エルはいまだパニックで動けなかったが、その熱い眼差《まなざ》しに射抜《いぬ》かれて、ビクッと肩《かた》が震える。

「な、な、なんてことを……！　もう許せん！」

「エル！　ここは一旦《いったん》俺に任せて、行け！」

アルバートが怒《いか》りに任せて飛びかかるのと、クロードが声を張り上げたのは同じタイミングだった。

エルは弾《はじ》かれたように走り出した。背後から剣戟音《けんげきおん》が聞こえたことに怯《おび》えながらも、とにかく今はここを離れ、冷静に考えることが大切だと思いながら、必死に足を動かした。

(お、落ち着いて、ゆっくり考えましょう。殿下もお兄様も、ちゃんと説明すればきっとわかってくれるわ。……大丈夫よ、ええ……!)

けれども、女だとバレるどころか、本当の身分と名前まで明かす羽目になってしまったことは、そう簡単にエルの動揺《どうよう》を鎮《しず》めてはくれなかった。

――そのせいで注意力が欠けてしまったのがいけなかった。

角をまた一つ曲がった瞬間《しゅんかん》、目の前にいくつもの影《かげ》が現れたのだ。

反応が遅れたエルは、構えることが出来ないまま、影の一つに羽交《はが》い締《じ》めにされた。そして、布のようなものを顔に押《お》し付けられる。

痺《しび》れるような強烈《きょうれつ》な臭《にお》いに気を失いそうになりながらも、エルは抵抗《ていこう》しようとした。

「……っ、やめ……!」

「おとなしくしててくれよ、騎士殿《どの》。俺らも、あまり手荒《てあら》なことはしたくないんでね」

見たことのない男たちだが、武装していることはわかった。手甲《てこう》にちらりとユリの模様が見え、クロードが話していたことを思い出す。

(もしや、王妃様の私兵……!?)

必死に腕を振り上げようとするも、痺れが全身に巡《めぐ》った身体はいうことをきかなかった。

そのまま、エルの意識は闇《やみ》に引き摺《ず》り込まれていった。


「ストップ、ストーーップ!!」

何度目かの剣戟音の後、割《わ》り込んできたのはコーディーだった。

「な、何してんですか、お二人とも!!」

どうにかクロードとアルバートを引き離したコーディーが、汗《あせ》だくになって二人を交互に見遣《みや》る。クロードは、憮然《ぶぜん》としながら剣を納めた。

「……先に斬《き》りかかってきたのはリトリア国王陛下だ」

「くっ……、喧嘩《けんか》を売ってきたのは貴様だろう！」

「あーもう、落ち着いてくださいニ人とも。はい、陛下も剣を納めて」

コーディーに促《うなが》され、アルバートが歯噛《はが》みしながら鞘《さや》に剣を納める。

一息吐《つ》いたクロードは、コーディーを睨んだ。

「なるほどな、コーディー。お前も共犯者だったということか……」

「……えーっと、今、どういう状況《じょうきょう》ですかね？」

コーディーは引き攣《つ》った顔で笑いながら、クロードに問いかけた。

「……お前の親戚《しんせき》のエルヴィン・アーストが、実はリトリア王国第一王女エルセリーヌ殿下だった、ということが判明したところだ」

わざとらしく硬い声音《こわね》で言うと、コーディーは「あ〜……あはは」と苦笑いをした。

笑い事じゃない、とさらに鋭く睨み付けると、コーディーは視線を逸らした。

「……コーディー、後で話がある」

「はいはい、しっかり心の準備をしておきますとも」

いっそう低い声で言うと、コーディーは諦《あきら》めたように返答した。クロードが放つ絶対零《れい》度《ど》の空気に、アルバートが「ヒッ⁉」と小さく悲鳴を上げる。

「俺はエルに話がある。ここは任せるぞ」

「かしこまりました、殿下」

今度は真面目に返したコーディーに背を向け、クロードはエルを追うべく歩き出した。

後方でアルバートがまた騒《さわ》ぎ出した声と、それを宥《なだ》めるコーディーの声も聞こえてきたが、無視して歩を進める。

(あいつがリトリアの王女だと……?)

実は女であるということの他に、まだそんな大きな真実が隠されていたとは。さすがのクロードも、彼女が一国の王女であった事実には仰天《ぎょうてん》した。

(ああ、でも思い返せば、あいつが言っていたことが全て腑《ふ》に落ちるな)

この国へ来た理由を問い詰めた時、〝自分がいると兄弟が駄目になるから〟と言っていた。詳《くわ》しく聞かなくても、先程のアルバートの様子を見ていたら、なんとなく察しはつく。

（リトリアには十人の王子がいるはずだ。ということは、あれがあと九人もいるのか……）

ゾッとするな、と背筋を震わせる。しかし、とにかく今はエルと合流しなくては。

というのも、マデリーンが退室し、エルとアルバートが大広間から出て行ったのと同じくらいのタイミングで、例の官僚たちが姿を消したのだ。

妙な胸騒《むなさわ》ぎを覚え、クロードは足を速める。

だが、一向にエルの姿は見つからなかった。あの場から逃がしてから、さほど時間は経《た》っていない。そろそろ合流出来てもいいはずなのに、どこにもいない。

「……どこへ行った？」

ふと嫌な予感がした。

（まさか……王妃の手の者に？）

急に焦り出したクロードは、近くの部屋を手あたり次第《しだい》開け始めた。

「エル……、どこにいる！」

目を離すんじゃなかった。暴走気味のアルバートから引き離すためとはいえ、こんな時に離れてはいけなかったのだ。

マデリーンも官僚たちも、クロードとエルが親しくしていることは知っている。それなら自分よりも一騎士であるエルの方が、狙《ねら》われる可能性が高いことくらいよく考えればわかるはずだったのに。

（そのためにあいつを遠ざけたりもしていたのに、肝心《かんじん》な時に何をやってるんだ……！）

焦燥《しょうそう》感から慌ただしい動きをしていたクロードは、自分の名を呼ぶ声もしばらく耳に入らなかった。

ようやく気付いたのは、マリクがクロードの目の前を塞《ふさ》ぐようにして進み出た時だった。

「殿下!!」

「……あ？　ああ、マリクか。それに、お前たちも……」

周囲には、騎士団の面々が揃《そろ》っていた。

「殿下、何かあったのですか？」

神妙《しんみょう》に問うマリクに、クロードは言葉を詰まらせた。

（……王妃や官僚たちのことを、こいつらに言うわけにはいかない）

けれど、早くエルを見つけ出さなくては、というプレッシャーも襲《おそ》ってくる。

クロードが答えられないでいると、騎士たちが次々と口を開いた。

「何かあったのですよね？　エルが逃げるように会場を出て行ったかと思ったら、それを殿下が追いかけられて、団長まで出て行ってしまわれました」

「会場の警備は、ここにいない残りの連中に任せてあります。何かお手伝い出来ることがあるなら、我々にお申し付けください」

「………」

こんな風に騎士たちがクロードに語りかけてくるのは、初めてだった。今までなら考えられないことだ。

（俺と、そしてこいつらをこんな風に変えてくれたのは……エルだ）

「殿下、俺たちを信用して命じてください。必ずご期待に応《こた》えてみせます」

マリクの言葉に、クロードは頷《うなず》いた。

「……では、お前たちに頼みたいことがある」

騎士たちは、主君に対する絶対の忠誠を誓《ちか》うように敬礼をした。


目が覚めた時、エルは硬い石の上に寝《ね》かされていた。

身体を動かそうとしたが、先程嗅《か》がされた何かの影響《えいきょう》が残っているのか、まだ痺れていて動けない。どちらにしろ、ロープで後ろ手に縛《しば》られており、動くのは困難なようだ。

ここは一体どこなのだろう。室内のようだが、かろうじて顔を上げられる範囲《はんい》で見回しても、暗くてよくわからない。

「お目覚めかしら？　新入り騎士さん」

暗がりの隅から聞こえたかすかな声に、ハッとして振り返る。

「……マデリーン……王妃様……」

「ごめんなさいね、乱暴なことをして。でもあなた、見かけによらず様々な武術に長《た》けているのだと、報告があったから」

暗闇《くらやみ》に目が慣れてきて目を凝《こ》らすと、部屋の壁に沿うように、武装した男たちが十数名並んでいるのが見えた。エルを連れてきた、マデリーンの私兵だと思われる。

「聞いていた通り、本当にドレスが似合うのね。その姿で近寄られたら油断してしまうわ」

マデリーンが近付き、エルの頬をそっと撫《な》でる。その手はゾッとするほど冷たかった。

「そうやって、わたくしを見張るつもりだったのかしら」

いつもは穏《おだ》やかな翡翠《ひすい》色の瞳が、刺すような鋭い視線をエルに向ける。

その表情には温度がなく、エルは思わず身震《みぶる》いした。

「わたくしのお友達の部屋で手紙を見てしまったのでしょう？　いけない子ね」

どうやら、官僚の部屋に忍《しの》び込んだことはバレていたようだ。

「式典に出るのは億劫《おっくう》だったけれど、こうしてあなたを捕まえることが出来たから良しとしましょうか」

「……どうして、官僚と手を組み、不正に手を染めているのですか？」

どうにか声を絞《しぼ》り出して問うと、マデリーンはクスリと笑った。

「国民の恨みを買うことが出来るからよ」

「……え？」

想定外の答えに、一瞬《いっしゅん》怯えが吹《ふ》き飛ぶ。そっと微笑む様子はいつものマデリーンなのに、纏う空気がいつもとは全く違った。

「楽しみを奪《うば》われ、幾度《いくど》となく税金を上げて苦しめられたら、国民はどんな気持ちになると思う？　現王家に対する不満が生まれるでしょう。それこそがわたくしの望み」

マデリーンは笑顔《えがお》で事も無げに、恐ろしいことを口にする。

「……そんなことをしたら、あなただって恨まれてしまうではありませんか」

「わたくしは大丈夫よ。何しろ、『可哀想《かわいそう》な不遇《ふぐう》の王妃』ですからね」

マデリーンの表情がスッと冷えた。

「知っている？　わたくしが何と言われているか。〝王子も王女も産めなかった役立たずの王妃〟、〝第二王妃の息子《むすこ》に王位継承《けいしょう》権を持っていかれた可哀想な第一王妃〟……。わたくしは皆にとって、〝役立たずで可哀想〟なの。だから、王家に不満が募《つの》っても誰もわたくしなど見向きもしない」

淡々《たんたん》とマデリーンは言うが、その表情は今までに見たことがないほど昏《くら》い。

「ねえ、わかる？　皆から後ろ指を指されて生きることの屈辱《くつじょく》が。わたくしは何も悪いことをしていないのに、どうして憐《あわ》れまれなければいけないのかしら。……許せないわ」

笑顔を象《かたど》っていたが、マデリーンは全く笑っていなかった。

優《やさ》しいけれど寂《さび》しげな王妃。エルはマデリーンのことをそう思っていた。けれど今目の前にいる彼女は、別人のようだ。冷たくて高慢《こうまん》な雰囲気を纏っているこの顔が、本当のマデリーンだったのだろうか。

（……でもそれは、周りがそうさせてしまったからよ）

やるせない気持ちになり、エルは視線を床《ゆか》に落とした。

「だからね、滅茶苦茶《めちゃくちゃ》になればいいと思ったの。国王陛下も他の王妃も、王子王女たちも皆、心の底から憎《にく》くて仕方がない。今の王家が滅《ほろ》んでくれれば、わたくしの気も晴れるわ」

「……ですが、たとえあなたは国民から恨まれなかったとしても、王家が滅んだらあなたも困るでしょう？」

「いいのよ。わたくしだけが惨《みじ》めな思いをしているのが許せないんだもの。皆にも絶望を味わってもらいたいだけ。どうせもう、何も望めないもの」

歪《ゆが》んでいる。でも、そうすることでしか自分を保っていられなかったのかもしれない。何かに怒りをぶつけることで、楽になる――その相手が〝国家〟だっただけだ。

「不遇の王妃扱《あつか》いされているわたくしを哀《あわ》れに思ったのか、国王陛下はわたくしにあまり強く出られなくてね。好都合だったわ。わたくしの署名一つで大抵《たいてい》のことは叶《かな》うようになった。だから税を引き上げたり、国民から楽しみを奪うよう手を回すのも簡単。わたくしには、お金さえ分けてあげれば言うことを聞いてくれるお友達もいることだし」

「不当にお金を手に入れて、どうするのですか？」

「わたくしは手を出していなくてよ。そんな必要ないもの。だって、使ってしまったら足が付くでしょう？　報酬《ほうしゅう》としてあげた官僚たちは、好き勝手に使っているようだけれど」

愉《たの》しそうにマデリーンは言う。

つまり彼女は本当に、憂《う》さ晴らしをしたいだけなのだ。金が欲《ほ》しいのではなく、人々を苦しめて王家を恨ませ、国を滅茶苦茶にしたい。それだけの感情で動いている。

「そうやって楽しく過ごしていたのに、近頃《ちかごろ》クロード王子が鬱陶《うっとう》しくってね。ああ、勘《かん》が良すぎる子は嫌《きら》いだわ」

ふぅ、とわざとらしく溜め息を吐く。

「どうやって潰《つぶ》してあげようかと思っていたら、あなたが現れたのよ。ふふ、この世の汚《きたな》いものを知らない、純粋で真っ直《す》ぐな子。使えるわとピンと来たの」

氷のような手が、つい、とエルの顎《あご》を持ち上げる。

「……使える？　私が？」

「ええ。あなたを上手《うま》く餌《えさ》にしたら、あの警戒心《けいかいしん》の強いクロード王子も引っかかるのではないかとね。その通りだったわ。誰とも打ち解けない王子だったのに、あなたには歩み寄りを見せた。今もきっと、必死であなたのことを探しているのでしょうね」

彼と歩み寄ることが出来たのは、マデリーンが助言をしてくれたからだ。そのことをとても感謝していたのに、目的のために手の平の上で転がされていたことに悲しくなる。

「餌といっても、私をどうするおつもりですか？」

「そうね。仲良しのあなたが危ない目に遭《あ》っていると知ったら、あの王子も言うことを聞いてくれそうでしょう？　いいかげんわたくしの邪魔《じゃま》をしないでほしいもの」

自分を盾《たて》にクロードを脅《おど》すということか。エルは唇《くちびる》をギュッと噛《か》んだ。

「……私ごときで殿下との交渉《こうしょう》の役に立つとは思えません」

「わかっていないわね、新入りさん。あの王子が人を側に置いていることが、どんなにすごいことなのか。それだけであなたの存在価値はとっても高いのよ」

エルの頭をするりと撫で、妖《あや》しく微笑む。エルはゴクリと唾《つば》を呑んだ。

「この場所はね、いつも取引で使っている、城の地図にも載《の》っていない秘密の場所なの。だからクロード王子にもそうそう見つけることは出来ないわ。さて、まずは王子に、あなたを捕《と》らえたことを伝えてきましょうか。手荒な真似《まね》は好みじゃないのだけれど、あの男は剣術《けんじゅつ》に秀《ひい》でているから、多少強引《ごういん》になっても仕方ないわね」

そう言って、数名の私兵に合図をする。

（このままだと殿下の迷惑《めいわく》にしかならないわ。自力でなんとか抜け出さないと――……）

だが、壁際《かべぎわ》に立つ兵士たちをまとめて相手にすることは出来ない。さすがにそんな技は持ち合わせていない。

エルの視線に気付いたマデリーンが、「無駄《むだ》よ」と笑う。

「残念ながらあなたを逃がしてはあげられないの。王子との交渉に使わせてもらうけれど、後であなたには消えてもらうわね」

マデリーンは、悲しくて底知れない笑《え》みをエルに向ける。

「あなたは知りすぎたわ」

どうりで、色々と話してくれると思った。初めからエルを犠牲《ぎせい》にするつもりだったのだろう。けれどエルは、ここで怖気《おじけ》付くわけにはいかなかった。

(王妃様に、これ以上犯罪に手を染めてもらいたくない)

それがエルの一番の想いだった。話を聞けば聞くほど、マデリーンのことを心から糾《きゅう》弾《だん》する気になれなくなっていったからだ。

(だってこの方は……クロード殿下と似ているんだもの)

特殊《とくしゅ》な立場に置かれたせいで、孤独《こどく》になってしまった人たち。それぞれ背負うものは違うけれど、エルから見た二人の境遇《きょうぐう》は似ているのだ。どちらも他人を拒絶《きょぜつ》するところから始まり、他者に冷たい態度を取るしかなくなったクロードと、他者に害を与《あた》えることで自分を満たしてきたマデリーン。二人とも、そうやって自分の心を護《まも》ってきたのだろう。

クロードの心の内に触れたエルは、どうしても彼女を責める気持ちにはなれなかった。

「……王妃様、お願いです。誰かを傷付けるやり方はやめてください」

「あら、わたくしの話を聞いていなかったのかしら？　まだそんな能天気なことを言っていられるなんて」

「私には、あなたがどれほど辛《つら》いお気持ちで過ごしてきたのか、知ることは出来ません。でも、あなたが優しい人であることは知っています」

マデリーンの眉が不愉快《ふゆかい》そうにピクリと動いた。

「今まで何度も、私を勇気付けてくださいました。そう思えたのは、あなたの中に本物の優しさがあるからだと思うのです」

「……つくづく愚《おろ》かな子ね」

マデリーンは声を低くしてエルを睨んだ。

「大事に大事に育てられ、綺麗なものだけを見て育ってきたのでしょう。人は皆、正しく生きていると信じ切っている。平和な世界しか知らない、愚かな子……」

マデリーンの手がエルの首に伸《の》びる。そのままギュッと摑み、締《し》め上げられる。

「……っ！」

「あなたみたいな子を見ていると、反吐《へど》が出るわ……！」

憎悪《ぞうお》のこもった翡翠色の瞳が、泣いているように見えた。呼吸が上手く出来ないまま、締め上げる手にさらにグッと力が入れられたその時、轟音《ごうおん》を立てて扉《とびら》が吹っ飛んだ。

「……!? けほっ、こほっ」

驚いたマデリーンが手を離したおかげで、エルは解放された。咳《せ》き込みながら見上げると、そこには息を切らしたクロードが立っていた。

「エル、無事か！」

「……っ、殿下……っ」

思いのほか情けない声が出てしまった。知らない間に気が張っていたのか、クロードの姿を見た瞬間、猛烈《もうれつ》な安心感が満ちていく。

だが、安堵《あんど》するにはまだ早かった。マデリーンの手が再びエルを捕らえ、それと同時に、部屋の中にいた私兵たちが剣を構えたのだ。

クロードは舌打ちし、ちらりと私兵たちに視線を向けた。そして鞘に納めたままの剣を握《にぎ》り、彼らの中に突っ込んでいく。

それは、圧倒《あっとう》されるような動きだった。

剣の腕は騎士団長クラスと聞いてはいたが、こうして十数名の兵を相手にする彼を見ると、それを実感せざるを得なかった。

無駄な動きは一切《いっさい》なく、一振りずつ確実に避《さ》け、目にも留まらぬ速さで兵士たちを薙《な》ぎ倒《たお》していく。危ないと思っても、振り下ろされた剣を流れるように避け、体勢を崩《くず》すことなく次の剣を薙ぎ払う。あっという間に、血を一滴《いってき》も流さずに全員昏倒《こんとう》させてしまった。

（お、お見事……）

エルはマデリーンに後ろから羽交い締めされるような状態で動けなかったが、マデリーンも驚いたらしく、唇を固く引き結んでその光景を見ていた。

「残るのはあんただけだ。観念してもらおうか、王妃」

「……乱暴な子。よくここがわかったわね」

「官僚どもを端《はし》から捕まえて白状させただけだ」

「あなたが追ってくることを考えて、彼らには身を潜《ひそ》めておくよう言っておいたのだけど。こんなに早く見つかるなんてね」

「訓練された騎士たちにかかれば、運動不足の官僚たちなんてすぐ捕らえられる。……あ、あと、優秀《ゆうしゅう》な鷹《たか》も活躍《かつやく》していたな」

タルトも協力してくれたらしい。クロードが騎士団の力を借り、ここを探し当ててくれたのだと思うと、不謹慎《ふきんしん》だが嬉しくなる。

「……そう。すっかり、お仲間が出来たのね」

頬に何か冷たいものが当たるのと、クロードの顔色が変わるのは同時だった。

（ナイフ……!?）

「やめろ。この状況であんたにもう逃げ道はない」

「そうかしら？　わたくしは別に、自分の立場がどうなっても構わないのよ。本当は王家を根こそぎ道連れにしてやりたかったけど、あなただけでも絶望させられるなら本望《ほんもう》だわ」

「なんだと？」

「国中から祝福された待望の第一王子。性格に難はあれど、文武両道で才能に恵《めぐ》まれ、畏《い》敬《けい》の念を抱かれる存在。……あなたのことは、殺したいほど憎かった」

まるで今日の天気の話でもするかのように、穏やかな口調でマデリーンは言う。だが、その手が震えていることにエルは気付いた。

「あなたの大切な人の命を奪ってあげたら、どれほどスッキリするのかしら」

「やめろ！」

頬に強く押し付けられる感触《かんしょく》にゾクリとしながらも、エルはマデリーン自身を怖《こわ》いとは思えなかった。

(だって、こんなにも……震えている)

その時エルの中で、マデリーンに対する恐怖《きょうふ》心は全くなくなっていた。

「王妃様……もうやめましょう。あなたに人を殺すことは出来ません」

エルが静かに告げると、マデリーンはエルを捕まえている方の腕に力を込めた。

「馬鹿なこと言わないでちょうだい。わたくしにはもう、怖いものなんてないのよ。……この世で最も恐ろしいのは、〝忘れられていく〟ことなんだから」

かき消えそうな弱々しい声に、クロードは剣を握る手を緩めた。

「憐れみの目を向けられ、可哀想な王妃のことは放っておいてあげよう、なんてくだらない気遣《きづか》いをされて……。そうしてわたくしは、いない存在になっていくのよ」

それは、心の底に抑え込んでいた悲痛な叫《さけ》びのように聞こえた。

遠い国から嫁《とつ》いで来て、権力だけは与えられるのに心が空っぽな日々。自分の存在意義を見失った彼女は、どうにかして自分の存在を知らしめたかったのだろうか。

「……王妃様が種を蒔《ま》いたことがキッカケで国が荒《あ》れたなら、誰もあなたのことは忘れませんものね」

エルがポツリと呟《つぶや》くと、マデリーンの手が大きく震えた。

その隙をクロードは見逃《みのが》さなかった。一瞬で二人を引き離し、マデリーンの腕を捻《ひね》り上げる。

「……っ」

「殿下！」

思わずエルは叫んだ。

「……王妃のやったことは、許されることじゃない」

話を聞いていて大方《おおかた》のことは察したのだろう。苦い顔をしながらも、クロードはマデリーンを掴む腕を緩めない。マデリーンは痛みに声も出せないのか、歯を食いしばっている。

「確かにそうですが、乱暴なことはしないでください！」

「お前な、自分だってこんな目に遭わされて、よくそんなことが言えるな」

「だって……、殿下は知らないから！」

我慢《がまん》出来なくなり、つい声を荒《あら》らげてしまう。クロードが眉を顰《ひそ》めて振り返る。

「どういうことだ？」

「私は今までに何度も、王妃様に背中を押してもらいました。私が殿下との距離《きょり》感に悩んでいた時、親身になって話を聞いてくださったんです。王妃様の助言がなかったら、今の私と殿下の関係はありません」

クロードが言葉を詰まらせる。マデリーンも、顔をしかめながらエルを見上げた。

「王妃様、私はあなたに支えられてきました。少なくとも私にとってあなたは、いない存在になんかなりえません。とても……とても大切な存在なのです」

エルが語りかけると、マデリーンは何かを堪《こら》えるように唇を噛《か》み、顔を伏《ふ》せてしまった。

「わかってください、殿下。王妃様は、心根は優しい方なのです」

クロードは口を噤《つぐ》んだ。エルの言葉を噛み砕《くだ》き、マデリーンの置かれた境遇についても、じっくりと思い巡《めぐ》らしているように見えた。

しばし考え込んだ後、クロードはマデリーンを離した。

「……お前ってやつは、本当に……。お人好《ひとよ》しにもほどがあるだろう」

マデリーンを庇《かば》うような発言をして呆《あき》れられたかと思ったが、クロードは困ったようにしながらも笑っていた。だがその表情を引き締めて、マデリーンに向き直る。

「……仕方ない。マデリーン王妃、俺と取引をしよう」

「……取引？」

「そうだ。今後一切、国民を苦しめるような悪政を強《し》いることはしないと誓え。そうすればこの件は、俺の胸の内に秘めておいてやる」

「……何を言い出すかと思えば」

顔を上げたマデリーンは、嘲《あざけ》るように笑った。

「これはあんたのための取引だ。外には騎士団がいるが、あんたの姿を見たのは俺とエルしかいない。俺たちが黙っていれば、このことは明るみに出ない。だが俺たちが暴露《ばくろ》すれば、オリベールどころではなく、あんたの祖国ソリヴィエにも被害《ひがい》が及《およ》ぶぞ」

「……どういうこと？」

「こいつに危害を加えたことが露見《ろけん》したら、リトリアの国軍が動くかもしれないからだ」

ちらりと視線を寄越《よこ》され、エルは反射で身体を固くする。

（うっ……！）

「リトリア？　……どうしてここでリトリア王国が出てくるの？」

「こいつはその国の王女だからだ」

マデリーンは目を見開き、瞬《まばた》きもせずにエルを凝視《ぎょうし》した。言葉にならないようだ。

エルも気まずさが一気に限界に達し、何も言えなかった。

「リトリア王国第一王女、エルセリーヌ殿下。こいつに手を出したと知れたら、大きな外交問題になるだろうな」

「……本当に、女の子だったの」

「は、はい……」

クロードの方を見ることが出来ないまま、背中に冷《ひ》や汗《あせ》を流しながら笑う。

(色々あってすっかり忘れていたけれど、この問題がまだ残っていたんだったわ……)

クロードの圧力をとてつもなく感じるが、今はどうにも出来ない。

「もう一つ、付け加えておく。さっさとこの場で納めておいた方がいい。でないと、こいつの超《ちょう》シスコン兄が殴《なぐ》り込んでくるかもしれない。相当面倒《めんどう》なことになるぞ」

(そしてご機嫌がよろしくないのもひしひしと伝わってくる……!)

マデリーンはいまいち理解していない様子だったが、祖国やリトリアまで持ち出されては、さすがに折れる気になったのだろうか。エルを見て、諦めたように両手を挙げた。

「……敵《かな》わないわね、あなたには」

「え？」

「わかったわ、条件を飲みます。わたくしはもう何も しない、あなたたちも口外《こうがい》しない。

これでいいわね？」

「結構」

クロードは腰のベルトに剣を戻した。

（えっと……なんとか丸く収まったってことでいいのよね……？）

ほう、と息を吐く。そんなエルにクロードが近寄り、両手を拘束《こうそく》しているロープを解こうとした――が。

「……おい、なぜ解けている」

「あっ、自分で解きました」

「はぁ？」

クロードがこの場にそぐわない声を出した。マデリーンも目を丸くしている。

「もしもの時のために、縄《なわ》抜け術は教わっていたので」

「お前のその〝もしもの時〟とやら、幅《はば》が広すぎないか？」

「あらゆる知識を覚えておいて損はないじゃないですか。実際こうして役に立ちましたし」

「……どこに行ってもやっていけそうだな、お前」

「ですが、縄抜けは出来ても、あれだけの兵士を一網打尽《いちもうだじん》にすることは無理だと思ったら、逃げ出せなかったんです。なので、やっぱり殿下はすごいなぁと思いました」

「だから不用意にそんなキラキラした顔をするなと……あーもういい、行くぞ」

クロードはエルの背を押し、マデリーンを振り返った。

「王妃、あんたはもう少しここにいてくれ。騎士たちを連れて帰るから」

「しばらく動く気にもならないわ。疲《つか》れたもの。はあ、やってられないわ」

「……あんた本当、猫被《ねこかぶ》るのが上手だな」

「おかげさまでね」

マデリーンは不敵に微笑み、部屋の奥の長椅子《ながいす》に腰掛《こしか》けた。エルがクロードについて出て行こうとすると、か細い声が聞こえた。

「……ありがとう、エル」

振り返ると、いつものように儚げで、泣きそうに顔を歪めたマデリーンと目が合った。

エルは満面の笑みを彼女に向け、力強く告げた。

「またご一緒《いっしょ》させてくださいね、お茶会！」

クロードが破ってきた扉の先は、暗くて長い通路だった。ここはどうやら地下らしく、じめじめとした空気が通路を満たしている。

（えっと……困ったわ。話すべきことが多すぎる）

クロードも同じ心境なのか、黙っている。色々なことが一気に起こりすぎて、頭の中が整理出来ていない。けれどこれだけは言わなければと、エルは腹を括《くく》って口を開く。

「あの……、助けに来てくださって、ありがとうございました」

それから。

「……い、色々と隠していて申し訳ありませんでした……」

クロードは口を閉ざしたまま、通路を進んでいく。

(うぅ、口もききたくないほど怒っているということかしら)

きっとそうだ。それくらいのことを自分はしでかしてしまったのだから――としょげていると、クロードが足を止めた。

「……怪我《けが》はしていないな？」

(……あら？　怒っていない？)

「は、はい。ナイフも触れていただけですし……」

頬に手をやると、彼もそこに手を伸ばしてくる。不意打ちの行動にエルは飛び上がった。

(えっ!?　ほ、頬、撫でられ……っ)

そっと撫でる動きには慈《いつく》しみが込められていて、エルの鼓動《こどう》は速くなる。おそらく顔もどんどん赤くなっていることだろう。

「良かった。女の顔に傷を残すわけにはいかないからな」

「……っ」

「あんな目に遭わせてしまって悪かった」

真摯《しんし》な眼差しに息を呑む。瑠璃色の瞳を見つめていると、途端《とたん》にいろんな思いが込み上げてきて、涙が溢《あふ》れてくる。

「おい、エル⁉」

へなへなと座り込んでしまったエルを、クロードが慌てて覗き込んだ。

「ど、どうしてそんなに優しいのですか……っ。私は殿下にたくさん嘘《うそ》をついていたの
に……、こ、こうやって助けにも来てくれて……！」

「優しいのはお前だろう。王妃が心を動かしたのは、お前の他人を思い遣《や》る心に影響され
たからだ。……お前でなければ、説得出来なかった」

同じ目線になるまでしゃがみ、宥めるように頭を撫でる手は、温かくて優しい。

「助けに行ったのも当然のことだ。必ず守ると言っただろう」

しかし、誠実な瞳に見つめられていると、高鳴る鼓動とは裏腹に、エルの中で苦い気持
ちが湧《わ》き上がってくる。

「……駄目です、これ以上優しくしないでください」

胸が苦しくなって、声が掠《かす》れてしまう。クロードは訝《いぶか》しげに眉を顰めた。

「こんな風にされたら、あなたの側から離れられなくなります……」

「側にいればいいだろう、この先も」

「いけません。私には、その資格がありません」

「殿下は私に正直であろうとしてくださったのに、私はずっと隠し事をしてきたのですよ。そんな私があなたの側にいてはいけません」

「確かにお前の正体には驚いたが、前に話していたように、お前にだって事情があったんだろう？　なら俺はそれを責めるつもりはない」

諭《さと》すように言われて気持ちが揺らぎそうになるが、エルは唇を噛んで首を振った。

「いいえ。元々、バレてしまったらここにはいられないと思っていました。ですから……」

「ああもう、煩《わずら》わしい！」

尚《なお》も言い募《つの》るエルに、クロードは苛立《いらだ》たしげに声を上げ、華奢《きやしや》な腕を引っ張り上げた。

「きゃっ、……で、殿下っ⁉」

「いいから俺の話を聞け」

触れそうなほど近くにクロードの顔がある。なぜか抱きかかえられていた。

「資格がないなんて理由で、今更リトリアに帰るのは許さない。エルヴィンのままでないとここにいられないと言うなら、そのままでいい。俺が黙っていればいいだけだ。……だから、これからも俺の側にいろ」

「エルヴィンのままで……、これからも……？」

「何？」

「そうだ。だから、お前自身の気持ちを聞かせろ。お前が本当は、どうしたいのかを」

抱き上げられて身動きを封《ふう》じられた状態で、エルを追い詰める。なんて強引な聞き方だろうと思いつつも、瑠璃色の瞳から目が離せなかった。

——答えなんて、ひとつしかなかった。

「私……、まだまだここに、殿下の側にいたいです……！」

最初は国と兄弟のために、オリベールへやって来た。それからここで生活を続けるために、クロードに認めてもらいたい——そんな気持ちから始まった関係だった。けれど少しずつ彼のことを知っていき、側にいるのが当たり前になっていくにつれ、他の誰にも感じたことのない気持ちを、クロードにだけは感じるようになっていた。

（いつの間にか、殿下のことを特別に好きになっていたの）

だから彼から離れたくない。側でもっといろんな世界を見ていきたい。

「……よし。今の言葉、忘れるなよ。絶対に俺から離れるな」

クロードが照《て》れ臭《くさ》そうに笑った。いつしかエルが大好きになっていた顔だった。

エルも笑顔で頷くと、さて、とクロードがエルを下ろして歩き出す。

「となると、残る問題はあと一つだ。どうやって説得するべきか」

「……あっ」

エルを見て泣き叫んだ長男のことを思い出し、エルは胃が痛くなり始めたのだった。

「エルぅぅぅぅぅぅぅぅ!!」

扉を開けた瞬間、泣き腫《は》らした顔のアルバートが飛び付いてきた。

ずっと一人で側に付いていたらしいコーディーが、グッタリと椅子に腰掛けている。クロードは数歩下がったところで、まるで生き別れの兄妹が再会したかのような光景を眺めていた。

「お兄様、さっきは置いて行ってしまってごめんなさい。それから……色々と心配をかけてごめんなさい」

「ああ、私のエル！　いいんだ、お前のことを想って眠《ねむ》れなかった夜のことを語り出したらキリがないが、こうして私の元に戻って来てくれたなら、今は何も言うまい!!」

「いえ、あの、戻って来たわけではなくて」

「さあ帰ろう、今すぐ帰ろう。お前が望むなら、結婚《けっこん》だってなんだってしてみせる。だから私の元へ戻ってきておくれ」

「本当ですか!?」

ついに、アルバートが結婚すると言ってくれた。つまりエルの目的が達成するということとだが、今のエルは「それなら帰ります」とは言えなかった。

「あの、お兄様、ごめんなさい。私、まだリトリアには……」

「さあ馬車を用意させよう！　こんな所に長居は無用だ」

「ま、待ってくださいったら！　……私、お兄様と帰るつもりはないのです！」

アルバートがひく、と喉《のど》を鳴らして固まった。と思ったら、みるみるうちに顔面蒼白《そうはく》になり、エルの肩をガシッと掴んだ。

「な、な、何を言ってるんだ？　お前の口からそんな言葉が出てくるなんて……。いや、わかったぞ、脅されているんだな!?　そうに違いない、あの目付きの悪い悪どい王子に——……」

「誰が悪どい王子だ」

「ぎゃー！　出たあ——!!」

アルバートは大袈裟《おおげさ》に叫んでエルを背中に隠す。そして渋面《じゅうめん》のクロードと向き合いながら、文句を捲《まく》し立て始めた。

「貴様、いいかげんにしろ！　エルは我が最愛の妹であり、リトリアの大切な王女だ！　エルを留《とど》める権利など貴様にはない！」

「まあそうですが、あなたにもないと思いますよ」

「なにぃ!?」

「どこにいたいか決める権利があるのは、彼女だけでしょう」

そう言って、エルを見る。エルは深く息を吸い、アルバートの前に進み出た。

「お兄様、私の話を聞いてください」

兄の目を真っ直ぐ見て、しっかりと言葉を紡《つむ》いでいく。

「この地に来たのは、お兄様に結婚してほしいからだけではなく、守られてばかりだった私を変えたかったという理由もあるのです。私はまだまだ学びたいことがたくさんある。だから、もう少しここにいることを許してほしいのです」

「……エル……」

「私はまだいろんなものを見てみたい……、クロード殿下のお側で」

「ヒィー!?」

首を絞められたかのように、苦しそうな声を上げてアルバートがよろける。それをコーディーがさっと支えた。

「俺としても、妹君にはこれからも側にいていただきたい。兄であるあなたには、それを認めてもらいたいと思います」

アルバートは、「ば、ばかな……そんな……ありえない……」としばらくブツブツ呟いていたが、エルとクロードを交互に見て、ガタガタと震えながら喚き出した。

「み、認めん……認めんぞ……！　私はリトリアの現国王だ、王太子の身分に過ぎない王子など私の敵では……！」

——これはもう、駄目だ。エルは諦念《ていねん》し、被ったままのカツラに手をかけた。

「お兄様、私は本気です」

「——なっ………!?」

アルバートが目を白黒させて見つめるその先にあるのは、肩先《かたさき》まで短く切り揃えられた、兄がとびきり気に入っていた金髪だった。

「これが、私の覚悟《かくご》を示した姿です」

口をパクパクさせて今にも倒れそうなアルバートに、エルは胸が痛くなりながらも最強のトドメの言葉を発した。

「それでも私の話を聞いてくださらないなら——、私、アルバートお兄様のことを大嫌いになります！」

効果は覿面《てきめん》だった。

アルバートは、真っ青だった顔を真っ白にして、そのまま倒れてしまった。

床に激突《げきとつ》するのを防ぐように抱えたコーディーが、口笛をヒュウ、と吹いた。

「やるなぁエル！　お前それは、致死《ちし》量百倍の毒と同等の威力《いりょく》があるぜ」

終章✦姫君の真実

裏でちょっとした騒《さわ》ぎがありつつも、無事に閉幕となった建国式典から数日後。不正な金の流れに携《たずさ》わっていた一部の官僚《かんりょう》は、秘密裏《り》に処分された。この件は公《おおやけ》にしないとなっていたが、彼《かれ》らは金を使い込《こ》みすぎていて、処分を下さないわけにはいかなかったのだ。

一方マデリーンは、クロードとの取引の通り、罪に問われることはなかった。不正に得た金に全く手を付けていなかったため、真相を闇《やみ》に葬《ほうむ》れるからだ。

彼らの悪事を暴きたいと思っていたクロードとしては、些《いささ》か不満が残るが仕方ない。エルがマデリーンに向けた言葉に、クロードも心を動かされたから。それに彼女を追い詰《つ》める環境を作ってしまったことは、王族として自分も無関係ではないと思ったからだ。

（あいつは本当に、曇《くも》りのない瞳《ひとみ》で世界を見てるんだな）

あんな風に、どんな相手にでも寄《よ》り添《そ》うことが出来るエルは、本当に稀有《けう》な存在だと思う。人を赦《ゆる》し、人を信じることはなかなか出来るものではないと、経験上思っているから。

そして、彼女《かのじょ》のそんな一面に、クロードも癒《いや》されてきた。真《ま》っ直《す》ぐでお人好《ひとよ》しで、いつだって生き生きとしている少女。誰《だれ》かが側《そば》にいることなど考えられなかったのに、エルがいてくれるのは居心地《いごこち》が良くて。こんな感情を抱《いだ》く存在は、生まれて初めてだった。

(優《やさ》しいだけでなく、強さもあって。知れば知るほど、とんでもないやつだよな)

王女が男装して騎士《きし》団に入るなど、誰が想像出来ただろう。

(でもそれだけ、国や兄を想《おも》っての行動だったってことなんだよな)

鬱陶《うっとう》しいとあしらっても怯《ひる》まず絡《から》んでこようとするところから、なかなか度胸があるやつだと思ってはいたが、クロードの想像を遥《はる》かに超《こ》えた度胸の持ち主だったようだ。さすがは一国の王女と言うべきか。

(あの兄が側にいたら、ある意味逞《たくま》しくなれるのかもしれないが)

――エルの特大級の攻撃《こうげき》力を持つ発言の後。人が変わったようにおとなしくなったアルバートは、式典の全行程が無事に終わると共に、すごすごとリトリアに帰っていった。

見送る際の、今生《こんじょう》の別れのような兄妹《きょうだい》の挨拶《あいさつ》が蘇《よみがえ》ると、ついしかめっ面《つら》になってしまう。

(つまり、あの男が元凶《げんきょう》だったわけか。いや、残りの兄弟もまとめてか?)

ノックの音がして、クロードは顔を上げた。今しがた考えていたことに繋《つな》がる答えを持つ者を、クロードは先程《さきほど》から待っていたのだ。

「入れ」

「失礼します、殿下《でんか》」

執務《しつむ》室に入って来たのはコーディーだった。そんな彼を、クロードはじろりと睨《にら》む。

「呼び出された理由はわかっているな？　俺《おれ》はお前に言いたいことが山ほどある」

「……でしょうねぇ」

クロードが発する空気を読んだのか、コーディーは少し気まずそうだ。

「騎士団長であるお前が、まさかリトリアの王女を騎士団に入団させ、さらには俺の側付《そばづ》きを命じるとは。えらく大胆《だいたん》なことを考えたもんだ」

「いやぁ、エルから話は聞いたでしょう？　色々事情があったもんですから。それに、男装するって決めたのはあいつ本人ですよ。そこまで覚悟《かくご》を決めて来たのなら、俺も全力で協力してやらないといけないな、と思ったわけです」

反省しているかと思ったのに、悪びれもせずに言い返してくる。

「それにしても、よりによってなんであいつなんだ」

「何のことです？」

とぼけるコーディーに、クロードは眉間《みけん》の皺《しわ》を深く刻んだ。

「俺の記憶《きおく》が正しければ、リトリア王国第一王女エルセリーヌ・フォン・リトリアは――、俺の許婚《いいなずけ》の名前だったはずだが？」

一拍置《いっぱくお》いて、コーディーがニカッと笑った。

「そうですね。いまだに会ったこともない許婚の姫君のお名前ですね」

「笑い事じゃないぞ」

「だって本当のことじゃないですか。正式には会ったことがないでしょう？」

その通りなので、クロードは文句を飲み込む。

「良かったじゃないですか、ようやくお会い出来て」

「お前な……。どうしてそんな軽いんだ……」

「こうでもしなきゃ、一生お会い出来ないんじゃないかとそれなりに心配していたんですよ。あなたは俺が仕《つか》える国の次期国王、エルは大事な従姉妹《いとこ》ですからね」

「俺たちのために一計《いっけい》を案じたと言いたいのか？」

もちろん、とコーディーは笑顔《えがお》で頷《うなず》く。

「あの兄君を見ていればわかるでしょう。子どもの頃《ころ》からの許婚でありながら、なぜ今まで一度も対面を許されてこなかったのか」

そう言われ、過去に何度も対面する機会を断られてきたことを思い出す。『奥《おく》ゆかしい』だの『人前に出ると倒《たお》れてしまう』だの、様々な理由をつけられては拒否《きよひ》され続けてきた。結婚《けっこん》に対して特に何の感慨《かんがい》もなかったクロードだが、あまりに一方的で面白《おもしろ》くないとは思っていた。

しかし、それには本当の理由があったのだ。

「兄弟が妨害《ぼうがい》しているってことか、やはり」

「はい。一応お伝えしておくと、リトリアの王城にはエル溺愛《できあい》隊というものが存在してまして、それらはエルの兄弟で構成されたたいへんやばいシスコン軍団となっております」

「やはり残りの兄弟もあんな感じなのか……！」

クロードは頭を抱《かか》えたくなった。面倒《めんど》くさそうな敵が多すぎる。

「彼らのエルへの執着《しゅうちゃく》は凄《すさ》まじいですからね。俺がこの国へ来たのも、それが原因ですし」

それは初耳だった。コーディーの父がオリベール出身だから祖国に戻《もど》ってきた、と聞いていたが、それだけではなかったのか。コーディーが苦笑《くしょう》する。

「ご兄弟の殿下方にね、追い出されたんです」

「……なんだって？」

「エルが幼い頃、俺が武術や剣術《けんじゅつ》を教えていた話はしましたよね？　それでエルが懐《なつ》いてくれたんですが、そのことで殿下方が嫉妬《しっと》してしまいまして。父が数年前にオリベールに帰っていたこともあり、ついでにお前も帰れ的なノリで追い出されました」

あはは、と笑いながらコーディーは言ってのけるが、クロードはますますあの兄弟に対して危機感を持った。

「……相当やばい連中だな」

「そうです。非常に手強《てごわ》い方々です」

脱力《だつりょく》し、背もたれに寄りかかる。ものすごく馬鹿《ばか》げているような話だが、当人たちは真剣なのだからタチが悪い。

「それだけ執着している妹だから、許婚である俺のことも知らされていないんだな」

そこもクロードが気になっている点だった。自分はエルの本名を知らなかったから、許婚だと気付かなかったのは当然だが、エルは出会った時にクロードの名前を知っていた。なのに何の反応もなかったということは、そもそも自分たちの関係のことなど知らないということになる。

「言うわけないじゃないですか。お前には許婚がいるんだよ、なんて」

「だろうな」

「エル溺愛隊の中では、ご自分たちのこともエルのことも、結婚にまつわる話は禁句なんです。だからエルはいまだに何も知りません」

それはクロードにとって、良かったのか悪かったのか。

（……いや、悪くはないよな）

リトリアに連れ帰られそうになったが、この地に留《とど》めておくことが出来たのだ。ならば、これから知っていってもらえばいい。

エルが許婚のことを知らなかったからこそ、変わった方法ではあるが出会うことが出来たのだ。でなければ、互《たが》いに会うこともないまま終わっていた可能性もある。時間が経《た》てば経つほど、縁談《えんだん》をうやむやにされてあの兄弟に破談にさせられたかもしれないから。

エルのいない毎日など考えられないほど、彼女の魅力《みりょく》にすっかり捕《と》らえられてしまった。

（そんなのは嫌《いや》だ）

自分にとって大事な存在であると痛感した今、何があっても手放したくない。

「……エルヴィンとしてこの国に繋ぎ止めておく選択は正解だったんだな。王女として国に一度でも帰したら、もう二度とあの兄はエルを外に出さないだろう」

同感です、とコーディーが吹《ふ》き出す。

そういえば、自分の側に残ることをエル自身も望んでくれたのだ。色恋《いろこい》ごとに疎《うと》そうな顔をしているが、少しは自分に気持ちを向けてくれていると期待してもいいだろうか。

エルの気持ちはまだわからない。だが少なくとも、クロードは彼女を想っていても許される、正式な権利を持っている。

（俺は、正真正銘《しょうしんしょうめい》の許婚なんだから）

そのことが少し自信になる。敵は強者《つわもの》たちだが、負けてなんかやらない。

「それで殿下、殿下に重大な事実を隠《かく》していたことに対して、懲罰《ちょうばつ》を受けた方がよろしいのでしょうかね？」

わざとらしく畏《かしこ》まるコーディーに、フンと投げやりに言い捨てる。

「その必要はない。それどころか感謝しよう、騎士団長殿《どの》」

「ああ……どうしましょう。どうしたらいいの？」

エルは騎士団の宿舎の一角、小さな鳥小屋の前で、長いこと悩《なや》み続けていた。

「ねえタルト、私、とっても大事なことに気付いてしまったのよ」

この鳥小屋の主《あるじ》である鷹《たか》に語りかける。傍《はた》から見たら奇《き》っ怪《かい》な光景かもしれないが、エルは至って真剣だった。タルトはわかっているのかいないのか、気持ち良さそうにエルの腕《うで》の中でおとなしくしている。

「殿下には許婚がいらっしゃるのよ。あの時はいろんなことがあって、そのことをすっかり忘れてしまっていたの」

まだクロードの側にいたい、ただその想いで、アルバートに啖呵《たんか》を切ってしまった。しかし時が過ぎて落ち着くほどに、自分はとんでもない袋小路《ふくろこうじ》に迷《まよ》い込んでしまったのではないか、という気持ちになっていた。

「……私に何が出来るというのかしら」

つい弱音《はね》を吐いてしまう。この鳥小屋にはタルトしか住んでいないし、わざわざ来る人もそうそういない。だからエルは気兼《きが》ねなく、鷹を相手に思っていることをぶちまける。

「私が本当は女だって知られてしまっても、殿下を慕《した》う気持ちを持っていたら迷惑《めいわく》だと思わない？　決まった相手がいる方にそんなこと、失礼じゃないかしらって思うの」

タルトが翼《つばさ》でペシッとエルの腕を叩《たた》く。弱気なこと言うな、とでも言うように。

「私……諦《あきら》めなくていいと思う？」

相手の女性とは、会ったことがないと言っていた。なら、無事に側付きとして復職し、いつも近くにいられるエルにも希望はあるだろうか。

「そうよね……、諦めるのは早すぎるわよね……」

「おいエル、何を一人でブツブツ言ってんだ？」

「ひゃっ!?」

背後から聞こえた声に飛び上がって振《ふ》り返ると、マリクが怪訝《けげん》そうに覗《のぞ》き込んでいた。

「マ、マリクさん、どうしたんですか？」

「あー、いや……、お前の姿が見えなかったから……」

相変わらずゴニョゴニョ言いながら頭をかくマリクは、エルがマデリーンに捕らわれた際、他の騎士たちと共にクロードに協力してくれたと聞いている。エルが捕《つか》まったことは公に出来なかったのだが、官僚を捕縛《ほばく》するのを手伝ってくれたそうだ。その後、騎士たちはクロードから感謝と労《ねぎら》いの言葉がおくられた。それによって彼らのクロードに対する忠誠心には磨《みが》きがかかり、以前よりずっと良好な関係になったと感じている。

「声をかけずに出てきてすみません。餌《えさ》をあげなきゃと思ったので」

そのまま悩みぶちまけタイムに突入《とつにゅう》し、ずいぶん長居してしまっていたが。

「いや、それならいいんだけどさ。あのさ、それ終わったんなら、これから俺と——……」

しかし、マリクの声は途切れた。鳥小屋の入り口に、クロードが現れたからだ。

(っ、殿下!)

つい身体《からだ》を固くしてしまうエルを置いて、マリクはそそくさと出て行こうとしていく。

「い、今のは気にすんなエル、じゃあな! 殿下もお疲《つか》れさまです!」

「えっ、マリクさん!」

呼び止めたが、マリクは行ってしまった。二人きりで残されて、エルは戸惑《とまど》う。

(ああ、まだ心の整理がついていないのに)

そんなエルをよそに、クロードは不思議そうな表情でエルとタルトを交互《こうご》に見た。

「お前まさか、動物と会話も出来るのか?」

「え?」

「向こうから歩いて来る時に見えたんだが、そいつに向かって話しかけてただろう」

嘘《うそ》だろ、という表情でエルを見るので、つい憂《うれ》いごとも忘れてエルは吹き出す。

「まさか。そんなことまで出来ませんよ」

「……だよな、驚《おどろ》いた」

「会話出来るものならしてみたいですが、さすがにその技術は存在しないですよね」

「出来るものならしたいのか」

可笑《おか》しくなったのか、クロードも笑う。

「で、鷹相手に何を真剣に話してたんだ？」

深刻にしていた様子も見られていたらしい。ギクリとしつつ、笑って話を逸《そ》らす。

「そ、そういえば、マデリーン王妃《おうひ》様が、今後は騎士団の監視下《かんしか》に置かれることになったとお聞きしましたが……。さらに、国政に参加することになったというのは本当ですか？」

「ああ」

マデリーンがしてきたこと、そしてエルの本当の名前。互いにあの日見たもの聞いたものは胸の内に秘《ひ》めることになったが、しばらくの間、念のためマデリーンに監視を付けることになった。さらにクロードは、これからは彼女も国政に関わるよう進言したのだ。

それは、閉じこもっていたマデリーンを外に連れ出すキッカケになる。少々強引《ごういん》な方法だが、これで彼女は外との関わりを持つことが出来る。クロードなりに考えたのだろう。

マデリーンもその意図に気付いたのか、意外にもあっさり快諾《かいだく》した。だが、一つ条件を出してきた。――自分の監視役は、新入り騎士エルヴィン・アーストに任せること、と。

「お前、王妃にすっかり気に入られたな」

「そうでしょうか。……そうならいいのですが」

彼女の支えにも、なれたらいいなと思う。彼女の哀《かな》しい想いにエルが触《ふ》れることが出来たのはほんの一部だが、少しずつでも自分が何かを与《あた》えられるのなら。

「なんだか似ていて嫌なんだよな。これまでずっと人を避《さ》けてきたくせに、お前にだけは絆《ほだ》されるってところが」

クロードがボソッと呟《つぶや》いたが、タルトがバサバサと翼を動かした音が邪魔《じやま》をして聞こえなかった。

そのまま飛び立つタルトを目で追う。クロードも隣《となり》で同じように空を見上げていた。

「殿下……あの」

「なんだ？」

許婚のことを聞いてもいいですか――そう言えばいいだけなのに、どうしても言葉が出てこない。会ったことはないといっても、将来結婚する相手として定められた存在だ。少なからず想っている相手かもしれないと思うと、その先を聞く勇気が湧《わ》いてこなかった。

言いかけたまま黙《だま》り込んでしまったエルの髪《かみ》に、そっとクロードが触れた。

「っ⁉」

「髪……長かったのか？」

肩《かた》の上で揺《ゆ》れる髪を、クロードの指先がいじる。

「お前の兄上が、この髪のお前を見て卒倒《そっとう》しそうになっただろう」

「そうでしたね。……はい、腰《こし》のあたりまでありました」

「それをバッサリ切ったのか。なかなか思い切ったな」

「うーん、あの時は勢いでやってしまったところがありますが……、今となってはこの長さも気に入っていますよ」

この姿になって得たものはたくさんある。男子でいることは楽じゃないことだらけだが、今の生活を楽しめていることも確かなのだ。

「これが、今の私ですから」

だから素直《すなお》に笑える。クロードはそんなエルを目を細めて見つめ、顔を近付けた。

「えっ…………」

指先からするりと髪が放されると共に、目の前を影がふっと覆う。

そのまま額に、そっと優しい口付けが落とされた。

「なっ…………！」

エルが真っ赤になるより先に、クロードは顔を離《はな》した。

「お前、この国に残ると決めたなら覚悟しておけよ」

あわあわするエルに、クロードは楽しそうな笑《え》みを向ける。

「か……覚悟⁉　覚悟って何――……」

慌《あわ》てて舌を噛《か》みそうになるエルの口元を、クロードの長い指が押さえた。

「教えてやるもんか。これは、俺に正体を隠していたことに対するお仕置きだからな。せいぜい俺のことで頭をいっぱいにしておけ」

(な、何ですかそれ――!?)

不遜《ふそん》に笑う彼に、人を拒絶《きょぜつ》する冷たい空気はもう感じない。

心臓がバクバク鳴っているのを感じながら、エルは改めて、この人から離れたくないと痛感した。

(ああ、やっぱり諦めるなんて出来ないわ)

もう少し足掻《あが》いてみてもいいだろうか。もしかしたら、何か変わるかもしれない。何も知らない守られるだけの王女だった自分が、こんなに変われたように。

なら、とことん足掻いてみよう。

赤くなった顔を隠すように空を見上げると、雲一つない快晴が視界に広がった。

この先のことはわからないが、だからこそ前向きな気持ちでやっていきたいと思う。エルはまだ、自分の足で歩き始めたばかりなのだから。

あとがき

こんにちは、紅城蒼《くじょうあおい》です。この度《たび》は『諸事情により、男装姫は逃亡中！』を手に取ってくださり、ありがとうございます！

本作は、人を疑うことを知らないピュア度二百パーセントな男装姫君と、人を疑うことしか出来ないツンツン（時々デレ）王子が織り成すラブコメです。いかがでしたでしょうか。

新作を構想するにあたり、前作は常に制服を着用しているヒロインだったので、次は豪《ごう》華《か》なドレスを着たキラキラなお姫様が書きたいなぁ、というところからスタートしたのですが、蓋《ふた》を開けてみたら常に男装している騎士《きし》様になっていました。ドレス……、あれ？ ですが、エルがキラキラなお姫様であることには変わりありません！ むしろ、当初の予定を遥《はる》かに超《こ》えたキラキラ姫君になりました。それに翻弄《ほんろう》されるクロードと繰《く》り広げられる会話は、書いていてとても楽しかったです。この二人の空気感、気に入っています。

楽しかったと言えば、エルの兄弟もですね。彼《かれ》らの会話を書いている時が、一番生き生きとしていたかもしれません。冒頭《ぼうとう》の場面、本当はもっと兄弟を出したかったのですが、彼らを野放しにしているとそれだけで三十ページ超えしてしまいそうだったので、他七名には出演を自粛《じしゆく》してもらいました。念のため長男を擁護《ようご》させていただくと、彼はエル要素さえなければハイスペックな男なんです。エルが絡《から》むと残念になるだけなのです……。

今回も、たくさんの方のお力を借りてここまで辿《たど》り着くことが出来ました。

担当様、今回もたいへんお世話になりました……！　担当様なしでは生きていけない、と改めて思った日々でした。優《やさ》しく的確なご指導、いつも本当にありがとうございます！

三月リヒト先生、キラキラなエルたちを描《えが》いてくださり、ありがとうございました！初めてキャララフを拝見した時は、あまりにも私の想像通りの彼らだったので、「やばい」をひたすら連呼していました。細部までこだわってくださり、本当に感謝しております！

その他にも、挙げだしたらキリがないほどたくさんの方々のお世話になりました。ギリギリまで粘《ねば》って作業することが多く、たいへんご迷惑《めいわく》をおかけしました……。本作に携《たずさ》わってくださった皆様《みなさま》に、心より御礼《おんれい》申し上げます！

そして、本作を手に取ってくださった皆様へ、とびきりの感謝の気持ちを！　ちょっとキャラが濃《こ》すぎる人物もいたと思いますが、少しでも楽しんでいただけたなら幸いです。

またこの場でお会いできますように。ありがとうございました！

紅城　蒼

■ご意見、ご感想をお寄せください。
《ファンレターの宛先》
〒102-8078 東京都千代田区富士見1-8-19
株式会社KADOKAWA ビーズログ文庫編集部
紅城蒼 先生・三月リヒト 先生

ビーズログ文庫

●お問い合わせ（エンターブレイン ブランド）
https://www.kadokawa.co.jp/（「お問い合わせ」へお進みください）
※内容によっては、お答えできない場合があります。
※サポートは日本国内のみとさせていただきます。
※Japanese text only

諸《しょ》事《じ》情《じょう》により、男《だん》装《そう》姫《ひめ》は逃《とう》亡《ぼう》中《ちゅう》！

紅《く》城《じょう》蒼《あおい》

2019年9月15日 初版発行

発行者	三坂泰二
発行	株式会社 KADOKAWA 〒102-8177 東京都千代田区富士見2-13-3 （ナビダイヤル）0570-060-555
デザイン	島田絵里子
印刷所	凸版印刷株式会社
製本所	凸版印刷株式会社

ISBN978-4-04-735751-8 C0193

定価はカバーに表示してあります。